KB089931

'대한민국에서 똥 박사로 불리는 남자'

# 똥 박사
# 박완철입니다

'대한민국에서 똥 박사로 불리는 남자'

# 똥 박사 박완철입니다

박완철 지음

모아북스
MOABOOKS

# 똥 박사 박완철입니다

**1판 1쇄** 인쇄 | 2011년 06월 05일
**1판 1쇄** 발행 | 2011년 06월 20일

**지은이** | 박완철
**발행인** | 이용길
**발행처** | MOABOOKS 모아북스

**관리** | 정 윤
**디자인** | 이룸

**출판등록번호** | 제 10-1857호
**등록일자** | 1999. 11. 15
**등록된 곳** | 경기도 고양시 일산구 백석동 1332-1 레이크하임 404호
**대표 전화** | 0505-627-9784
**팩스** | 031-902-5236
**홈페이지** | http://www.moabooks.com
**이메일** | moabooks@hanmail.net
**ISBN** | 978-89-90539-95-3 03810

한국과학기술연구원(KIST) 박완철 박사의 연구와 삶 이야기

# 차 례

## 3장 달콤한 열매, 미생물연구에 10년을 보내다



## 4장 마지막 순간까지 현역으로

# 행복한 똥박사입니다

내 이름은 박완철이다. 이걸 영문이니셜로 바꾸면 'W.C.P.'가 된다. 풀어 쓰면 'Water Closet'과 'Park'가 합쳐져 공원에 있는 공중화장실이란 뜻이 된다. 내 한자 이름은 밝을 완(晥), 물 맑을 철(澈)이다. 물을 맑게 한다는 뜻으로 해석이 가능하다. 할아버지께서 지어주신 이름인데 거짓말처럼 내가 하고 있는 일과 맞아 떨어진다. 밝고 맑게만 살아가지고는 살아가기 힘든 세상인데, 내공을 넣어놓으신 것인지 이름과 안성맞춤인 일을 하고 있다. '똥박사'라는 별명까지 얻었다. 이 별명이 참 마음에 들고, 앞으로도 이 별명으로 불리기를 원한다.

작년 가을이었다. 고향 선배 한 분을 만났는데 이런 말씀을 하셨다.

"운명인 거 같아. 요즘 보면 내 의지대로 된 게 아니고 각본대로 칠십 평생을 살아온 같아. 좀 건방질지 몰라도 내가 갈 길이 정해져 있었던 것 같단 말이야. 그때는 내가 선택한다고 생각했는데…."

선배는 상주 시골에서 태어나 좋은 대학의 의대를 졸업하고 의사로서의 삶도 잘 꾸려 오신 분이다. 회한이 묻어나는 말씀이 아니었다. 자신의 인생을 담담하게 바라보는, 달관한 듯한 어투였다.

'선배님, 저도 그렇습니다.'

소리를 내어서 말하지는 못했다. '최강노안' 때문에 밖에 나가면 나도 할아버지 소리를 듣지만 선배 앞에서는 아직 젊은 나이다. 젊은 놈이 건방지게 선배의 깊은 경험에서 나온 삶의 태도에 덥석 숟가락을 걸칠 수는 없는 일이다. 그런데 정말 나도 그렇게 느껴진다.

나는 운명론자가 아니었고 아직도 운명론자가 아니다. 그런데 나이를 한 살 한 살 먹을수록, 지나간 일을 돌아볼수록 자꾸 운명론으로 조금씩 기운다. 내가 이 자리에 있는 것이 운명이었던 것만 같다. '보이지 않는 손'이 나를 이 길로 이끈 것만 같다. 나는 왜 시골에서 태어났을까, 왜 하필 내가 중학교 3학년 때 농잠학교가 5년제로 바뀌었을까, 왜 교육정책을 만든 문교부의 관리들은 전문대과정까지 마친 사람들에게 고졸의 학력도 인정하지 않아 나를 포함한 많은 청춘들을 절망하게 만들었을까.

그럴싸하게 말하면 나를 키운 건, 나를 여기까지 이끈 것은 8할이 좌절이었다. 내가 이 길을 발견하지 못했을 때, 그래서 다른 길로 가려고 할 때마다 보이지 않는 손은 나를 찍어 눌렀다. 내 인생을 후려쳤다는 말이 더 적당할지도 모르겠다. 그렇게 이 길로 오기까지 많이도 두드려 맞았다. 농잠학교 내내 농사를 지으며 좌절했다. 농대에 가서도 내내 좌절해 있었다. 모교인 농잠전문학교 교수로 가는 일이 말도 안 되는 이유로 무산되어 좌절했다. 키스트에 들어와서는 좌절까지는 아니지만 학벌 때문에 고생을 했다.

그런데 지금에 와서 보면 그 모든 좌절들이 행운이었다.

내 학벌이 좋았다면 굳이 똥 만지는 일을 선택했을 리 없다. 시골에서 태어나지 않았다면, 어릴 때부터 똥 만지는 일을 해보지 않았다면, 비전이 보이더라도 똥이 무서워서 정화조 연구를 하지 않았을 것이다. 시골에서 특수작물한다고 설레발치다가 집안을 말아먹었을 수도 있다. 농잠전문학교 교수로 갔다면 편한 인생이었겠지만 지루한 인생이기도 했을 것 같다. 중간에 농촌진흥청에 합격이 되었는데 가지 않은 것도 잘한 일이고 의리 때문에 일본에서 학위를 받지 않은 것도 잘한 일이다. 학벌 때문에 겪었던 어려움은 해소되었겠지만 일본에서 학위 받았네 하면서 사는데 조금은 위안이 되었을지 모를 일이다. 학교에 계속 남아 있었으면 교수가 될 수도 있었겠지만 최선의 선택은 아니었다.

그러나 이 모든 것을 오로지 운의 덕분으로만 돌리고 싶지는 않다.

내 길을 찾고 난 후, 구체적으로 말하면 똥을 깨끗하게 만드는 일을 찾고 선택한 후 나는 누구보다 열심히 내 길을 걸어왔다. 퇴근 시간도 따로 없었고 토요일도 일요일도 없었다. 나는 오로지 이 일에만 매달렸다. 집에서 와서 누우면 천장에 똥이 보였고 눈을 감아도 똥이 보였다. 미생물을 연구할 때도 마찬가지였다. 현장에 가면 똥을 맨손으로 만지는 일도 서슴지 않았다. 내가 가진 모든 시간, 내가 가진 모든 에너지를 이 일에 쏟았고 손끝부터 발끝까지 이 일을 위해 움직였다.

그렇게 30년의 세월을 보냈다. 30년 동안 내 삶의 에너지를 모두 쏟아 붓고 난 후, 내 삶을 돌아보니 나를 좌절하게 했던 불운들이 모두 행운이 되어 있었다. 젊은 시절 나를 덮쳤던 불운들은 영원히 불운으로 남을 수 있었다. 그 불운들을 노력으로 극복해 나가는 과정에서 나도 모르는 사이 그것들이 행운이 된 것이다.

그리고 나는 운이 참 좋은, 행복한 똥박사가 되었다. 나는 행복한 똥박사다.

# 1

# 유쾌한 순간

## 똥 박사 축하합니다

"아, 박 박사, 축하해요."

2001년, 아침 댓바람부터 밑도 끝도 없는 축하를 받았을 때 나는 여행 중이었다. 김종호 선배(상주대 총장으로 앞으로 몇 차례 더 등장해주실 것이다)와 친구 그리고 나 세 사람은 매년 며칠 시간을 내어 여행을 다닌다. 역사를 좋아하는 우리는 여행 때마다 역사책에 나오는 사건 혹은 인물의 유적지를 따라다녔다. 그 해는 충청도 일대를 돌아다니고 있었다. 김좌진 장군의 생가와 기념관, 윤봉길 의사 기념관, 흥선대원군의 아버지인 남연군의 묘소 등을 둘러보고 수덕산 인근의 온천에서 하룻밤을 묵었다. 거기서 박호군 키스트 원장의 난데없는 축하 전화를 받은 것이었다.

"뭐를 축하해요?"

"뭐기는요, 공학기술상이지. 끝까지 경합했는데, 박 박사가 됐어요."

공학한림원에서 주는 공학기술인상은 한국에서 과학자가 받을 수 있는 최고의 상이다. 이론, 실용 그리고 공학계에 공헌을 많이 한 원로, 이렇게 매년 세 사람에게 주는데 나는 실용분야에서 선정되었다. 전혀 기대를 하지 않았다고 하면 거짓말이겠지만 내가 되리라는 생각은 하지 않았다. 키스트에서 공식적으로 추천을 한 것도 아니고 오랫동안 나를 지켜보시던 박건유 박사께서 개인적으로 추천하신 거였다. 그보다 더 결정적인 '결격 사유'는 내가 공학도 출신이 아니었기 때문이다.

나는 뼛속까지 촌놈이다. 지금도 그렇고 앞으로도 그럴 것이다. 중학교를 졸업하고 5년제 농업전문학교를 나왔다.

대학은 건국대학교 농학과를 졸업했다. 박사 학위가 있으나 그것 역시 농학박사이지 공학박사가 아니다. 오랫동안 공학계에 있었지만 농학 출신이라는 꼬리표는 떨어지지 않았다. 굳이 옛날 표현을 빌려오자면 '공학계의 서자'인 것이다.

거기다 연구하는 분야도 뭔가 폼 나는 것하고는 거리가 멀다. '개똥밭에 굴러도 저승보다 이승이 낫다'는 속담이 있다. 아무리 사는 게 힘들어도 힘을 내어서 열심히 살아야 한다는 뜻인데 똥밭에서 구르는 일을 세상에서 가장 버티기 힘든 것이라고 비유하고 있다. 그렇다. 나는 똥밭에서 30년을 살아왔다. 구르기만 한 게 아니고 냄새를 맡고 손으로 만지는 것도 모자라 똥통에 빠지기도 했다. 사람 똥, 소똥, 돼지 똥을 만졌고 여기에 오줌까지 합쳐진 똥물(점잖게는 분뇨라고 한다.)과 씨름하면서 살아왔다.

그래서인지 내가 '젊은 공학인상'을 받게 되었을 때 키스트 내부에서조차 탐탁지 않은 눈길이 있었던 것으로 알고 있다. 동시에 이제는 인정할 수밖에 없다는 생각들도 했을 것이다. 그러거나 말거나 나는 기쁘고 감사했다. 공학인상의 심사위원에는 과학계의 명망 있는 분들과 관련 부처의 차관급 공무원, 그리고 연구소장 등 학계의 권위자들이 포함되어 있는 만큼 객관성은 담보되어 있다. 드디어 '객관적으로' 공학자로서의 성과를 인정받는다는 사실 때문에 더 기뻤다. 전화를 받던 그 날, 하늘도 '똥 박사, 고생했다. 축하한다.' 라며 눈을 내려 주었다.

• 제5회 한국공학기술상 시상식 (왼쪽:서울대 이기문 총장)

시상식에는 공학계의 유명한 분들이 많이 계셨다. 수상 소감을 발표하려고 단상에 서니까 영광스럽기도 하고 참 부끄럽기도 했다. 나는 어릴 때부터 여러 사람 앞에서 서는 걸 힘들어 했다. 어떤 친구들은 많은 사람들 앞에서 하나도 떨지 않고 노래도 부르더니 나는 노래는커녕 말도 제대로 못했다. 초등학교 때 전교생 앞에서 내가 쓴 시를 발표한 적이 있었다. 특별히 시에 재능이 있어서가 아니라 담임이셨던 최춘해 선생님께서 시인이셨던 탓이 크다. 선생님은 일주일에 한 시간 시 쓰는 시간을 만드셨다. 개중에 좋은 시를 3편 정도 뽑아 전교 조례 때 발표하게 하셨다. 아마도 봄이었던 모양이다. 다른 구절은 기억나지 않고 새싹이 올라오는 모양을 '쏘옥쏘옥' 이라고 표현했더니 그게 마음에 드셨던 것이다. 교장 선생님의 훈화가 끝나고 단상에 올라갔는데 다리가 후들거리고 말도 제대로 나오지 않았다. 어떻게 시를 읽었는지도 모르고 벌벌 떨면서 읽고 벌벌 떨면서 내려왔다.

공학상을 받을 때도 그때와 크게 다르지 않았다. 교과부장관을 역임한 서울공대 김도연 교수가 공동수상을 하였는데 그 분은 말씀도 참 잘하셨다. 그런데 나는 무슨 말을 해야 좋을지 몰랐다. 짤막한 인사말을 써가기는 했는데 그나마도 겨우 읽고 내려왔다. 고맙다는 말, 영광스럽다는 말을 많이 했던 것 같다.

가끔 이런 생각을 해볼 때가 있다. '내가 우리나라에서 최고로 쳐주는 공대를 나왔다면 똥을 만져야 하는 일을 했을까?' 안 했을 것 같다. 사람은 간사한 면이 있어서 자꾸 쉬운 쪽으로 가려는 경향이 있다. 그게 자신의 인생을 갉아먹는 일이라는 것은 생각하지 못한다. 나도 마찬가지였을 것이다. 굳이 더러운 것을 만지지 않아도 되는데 '내가 똥을 만지겠다.' 고 나섰을 리 없다. 지금 생각하면 참 고맙고 운이 좋은 일이다.

말이 좀 우습지만 '똥과 함께 살아온 세월' 이 벌써 30년이 넘었다. 다른 사람들이 여러 종류의 연구를 할 때 나는 오직 하나에만 매달렸다. 변화 자체가 패러다임인 세상이라고 한다. 세상의 변화에 발맞춰 변해야 하는 세상이라고 한다. 그렇게 해도 살아남을까 말까 한 세상이라고도 한다. 그런데 나는 미련스럽게 하나의 과제에만 집중해왔다. 그리고 오늘의 내 모습에 만족한다. 주변에서도 그렇게 평가해 준다. 이 미련스러움을 나는 우직함이라고 표현한다.

물론 그 우직함 속에서도 변화는 있었다. 내가 해결해야 할 과제는 똥이었지만 그것을 정화하는 방법은 끊임없이 변화시켜 왔다. 그래도 기본은 우직함이다. 일생을 바칠 수 있는 일에 우직하게 매달리고 그 전제 위에서의 변화가 있어야 한다. 말하자면, 그것이 내가 살아가는 이유라고 나는 믿고 있다.

## 남들이 가지 않는 길

키스트는 박정희 대통령이 과학기술의 발전이 우리나라를 가난으로부터 해방시킬 수 있다는 일념으로 정말 정성을 들인 연구소다. 우리나라 최고의 국책연구기관이다. 그런 만큼 인재들이 많이 모이는 곳이기도 하다. 그 인재들의 대부분은 우리나라 최고 대학의 공대 출신들이다. 지금은 많이 다양해졌지만 내가 키스트에 올 때만 해도 상황은 달랐다. 더구나 나는 공대 출신도 아닌 나는 변방 중에서도 변방이었다. 누구 하나 길을 알려주는 사람도 없었고 손을 잡아주는 사람도 없

• 박사학위 수여식 날 (지도교수인 김광호 교수와 함께)

었다. 혼자 살아남아야 했다.

고향 친구들끼리 모이는 자리에서 가끔 이런 이야기가 나온다.

"촌에서 농업학교 나와 가지고 큰상을 받고 하는 거야 있을 수 있지만 저 친구가 고생은 무지하게 했을 거라. 촌놈이 엘리트들 있는 조직에 들어가 가지고 일류 대학을 나온 것도 아니고 농대 졸업해가지고 말이야."

친구들에게 구구절절 말하지는 않았어도 사실이 그랬다. 이 엘리트 조직에서 어떻게 살아남아야 하는가 걱정도 많이 했다. 기회가 됐을 때 미국으로 유학을 갔어야 하는데, 일본의 동경농공대학에서 내 논문을 보고 박사학위를 준다고 할 때 받았어야 했는데 하는 후회도 했다. 지나고 나서 보니 별 것 아니지만 그때는 세상 물정 모르는 선택을 한 나 자신을 원망하기도 했다.

특히 선임연구원이 될 때는 키스트를 떠날 생각까지 했었다. 박사학위가 필요한 선임연구원은 하나의 프로젝트 팀을 책임지고 이끌어 나갈 수 있고 스스로 연구 과제를 발굴할 수도 있다. 키스트에 들어온 지 5년 정도 지났을 무렵인데 나를 선임연구원으로 승진시키는 것에 반대하는 사람들이 많았다. 박사는 박사지만 '농사나 짓는 박사'이고 삼류대학이라는 것이 그 이유였을 것이다.(나는 내가 졸업한 건국대학교 농학과에 늘 감사한 마음을 가지고 있다. 나중에 그걸 증명할 기회가 있을 것이다.) 어찌 어찌 해서 되기는 했지만 그때 상처도 많이 받았고 위기감도 느꼈다. 그리고 내 필생의 저주로 느껴졌던 '농잠고등전문학교'에 대한 원망 아닌 원망도 했다. 성과가 쌓이면서 그런 부분이 서서히 없어졌다.

키스트의 연구원으로 들어왔을 때 내 주 업무는 울산공단 지역의 공해피해를 조사하는 것이었다. 공해가 농작물에 어떤 영향을 미치고 그로 인해 수확량이 얼마나 차이가 났는지를 분석했다. 그 조사 결과는 농민들에게 피해 보상을 해주는 척도가 되었다. 중요한 일이고 쉬운 일도 아니다. 하지만 한계가 분명한 일이었다. 처음에는 고생을 하겠지만 시간이 지나면 누구나 할 수 있는 일이다. 조금 더 잘하고 못하고의 차이는 있지만 그 정도의 일로 키스트에서 입지를 다지기는 어려웠다. 쉽게 말하면 일을 한 것은 맞지만 업적이나 성과가 되기는 어려운 일이다. 이 일을 선임연구원이 됐을 때까지 하고 있었다. 나는 나만의 성과를 낼 수 있는 일을 찾고 있었다. 그리고 기회는 아주 멀리에서 돌고 돌아 내 앞에 섰다. 나에게 딱 맞는 연구 과제였다.

사실인지 아닌지는 모르겠다. 들리는 풍문에 따르면 그 연구과제는 86년의 한강에서 시작되었다. 82년 시작한 한강종합개발사업이 막 끝났을 즈음이었다. 전두환 대통령이 관계 장관들과 한강에 시찰을 나갔다. 그런데 물에서 악취가 났다. 유람선과 레포츠 시설, 사람들이 앉아서 쉴 수 있는 둔치까지 만들었는데 악취가 나면 누가 오겠는가. 전 대통령이 옆에 있는 장관에게 한강을 깨끗하게 하려면 어떻게 해야 되냐고 물었다. 질문을 받은 장관이 급하게 대답한다는 것이 '정화조를 좋은 거 개발해서 보급하면 됩니다.' 라고 했다는 것이다. 정화조가 전부라고는 할 수 없지만 틀린 말도 아니었다.

좋은 정화조를 개발하는 숙제는 청와대에서 과학기술처를 거쳐 내가 있던 키스트의 환경공정연구실로 내려왔다. 숙제의 이름은 '대통령 긴급 과제' 였다. 연구비도 많이 책정되어 있었다. 연구실의 책임연구원(선임연구원 위의 직책이다.)이셨던 신응배 실장께서 선임연구원들을 불러놓고 '누가 정화조를 개발할 거냐?' 고 물었다. 막 선임연구원이 된 나도 그 자리에 있었다. 그 말을 듣자마자 번쩍 손을 들고 싶었지만 그럴 수 없었다. 내가 키스트에 들어와서 한 일은 수질이 아니라 대기오염에 관한 것이 전부였다. 합리적으로 생각해봐도 내가 아니라 환경공학이나 그와 유사한 전공자가 맡는 게 맞다. 그런데 아무도 대답을 하지 않았다. 폼 나는 일도 많은데 굳이 인분을 만지는 정화조 '따위' 를 만들 이유가 없다고 생각하는 것 같았다.

"제가 하겠습니다."

사람들의 시선이 일제히 내게 쏠렸다. 그 눈빛들은 '우리가 하기 싫어서 안 하는 거지만 농학과 출신 따위가 그걸 할 수 있겠어?' 라고 묻고 있었다. 실장님은 그러라고 하셨다. 이게 참 고마운 일이다. 만약 키스트의 규모가 지금처럼 컸다면, 혹은 실장님도 학벌지상주의자였다면 그 기회는 다른 사람에 갔을 것이다. 하겠다는 사람이 없다고 해도 누군가를 지목해서 하라고 하면 하지 않을 방법이 없다. '대통령 긴급 과제' 인 만큼 겨우 선임연구원이 된 나보다는 다른 연구원에게 시키는 게 부담이 적었을 수도 있다. 왜 순순히 그러라고 하셨는지 여쭤보지 못했지만 똥 만지는 일의 어려움을 알고 계셨기 때문이라고 짐작하고 있다. 실장님도 어렵게 공부하셨던 분이라 촌에서 '똥 좀 만져본 놈' 이 하는 게 좋겠다고 생각하시지 않았을까.

또 한편으로는 누구에게 시켜도 크지 다르지 않았기 때문이기도 하다. 전공이 농학이라는 점을 빼면 다들 비슷한 형편이었다. 당시 키스트는 특별한 공정을 개발하기보다는 조사연구가 많았다. 어차피 공정 개발을 해본 사람이 없으니 똥하고 친숙한 내가 오히려 적격일 수 있었다. 결과적으로 보면, 실장님의 판단은 옳았다.

그렇게 나는 다른 사람이 가지 않는, 아니 다른 사람들이 꺼려하는 길로 가게 되었고 거기에 엄청난 기회가 있었다. 요즘 말로 하자면 블루오션을 찾은 셈이다. 그때 똥이 더럽다며 피했던 대부분의 사람들보다 나는 더 오래 일하고 있고 더 많은 성과를 냈다. 그 일을 맡지 않으면 안 될 절박한 상황이긴 했으나 결과적으로 보면 현명한 선택을 한 것이다. 요즘 많은 젊은이들이 공무원 시험을 준비한다고 한다. 그러다보니 자연히 경쟁률이 높아지게 되었다.

9급 공무원 시험을 볼 때도 틀린 게 생각나면 떨어진 거라는 말도 있다고 한다. 공무원은 분명 사회에 꼭 필요한 직업이며 또한 훌륭한 직업이다. 하지만 이렇게 쏠림 현상이 나타나는 것은 문제가 있다. 워낙 직장생활이 불안하니까 그런 것은 이해하지만 그 정도가 심하다는 생각이다. 남들이 가지 않는 길, 남들이 꺼리는 일에 평생을 바칠 수 있는 기회가 있을지도 모른다. 적어도 내 경우엔 그랬다.

## 자전거와 불꽃놀이, 참 따뜻한 기억

잠시 시간을 거슬러 동경농공대학에서 생활할 때로 돌아가 보자. 1987년에 박사학위를 받은 후 89년에 객원 연구원으로 갔는데 1년 정도의 짧은 기간이었지만 즐거운 기억이 꽤 많다.

이 대학은 도쿄 인근의 후쭈시(府中市)에 있다. 후쭈시에는 일본에서 제일 유명한 경마장이 있지만 전체적으로는 아주 조용한 도시다. 1968년, 일본인들의 한국인 차별에 분개해 일본 야쿠자를 살해하고 인질사건을 일으킨 김희로 선생이 99년 석방 직전에 계셨던 후쭈형무소가 여기에 있다. 다른 사람들은 관심이 없을지 몰라도 나는 어떤 지역에 가면 늘 그 지역의 역사를 보고 이후에 그 곳을 떠올릴 때도 역사적인 사실도 함께 떠오른다. 김희로 선생을 기억하는 것도 이 때문이다.

이 때는 우리 가족 모두가 일본으로 건너갔다. 대학 측에서 한국의 우리 집보다 더 좋은 게스트 하우스를 내줬고 애들 둘은 대학 근처에 있는 신마찌소학교를 다니게 되었다. 일본의 학교 전체가 그런 것인지 아니면 이 소학교만 특별히 그랬는지 알 수 없다. 그들의 사려 깊음은 지금도 감동으로 남아있다. 애들이 전학한 지 얼마 되지 않은 학기 초였다. 학교에서 돌아온 아이들이 나에게 서류 봉투를 내밀었다. 봉투는 단단히 밀봉되어 있었다. 뭔가 하고 봤더니 아이들이 학자금을 지원받기를 원할 경우에 필요한 서류가 들어있었다. 소득이 적음을 입증할 서류와 부모의 은행계좌 번호를 작성해 제출하도록 되어 있었다. 그런데 우리는 일본보다 못 사는 외국에서 왔으므로 별도의 서류 없이 계좌번호만 적어서 보내면 된다고 했다. 내가 감동한 것은 이 모든 것을 아이들이 알지 못하게 한 점이었다. 아이들은 봉투를 배달하기만 할 뿐 내용을 전혀 알지 못했다. 그렇게 하도록 안내가 되어 있었다.

그 후 급식비, 교과서 대금, 소풍 가는 날 전철 비용 등이 계좌로 들어왔다. 면제가 되면 아이들의 자존심이 다칠 수 있으니까 애들은 아무것도 모르고 담임선생님께 대금을 납부했다. 그러면 정확하게 납부한 다음 날 교육청에서 내 계좌로 입금이 되었다. 우리 아이들에게는 한국에 돌아와서야 그 사실을 이야기해주었다. 어린 애들의 자존심을 살리려고 노력하는 일본인의 모습은 아직도 좋은 기억으로 남아있다.

우리 가족은 주말이 되면 각자의 '자가용'을 타고 '드라이브'를 갔다. 자가용이란 누가 버린 자전거를 수리한 것을 말한다. 인근에 있는 다마강변에서 도시락을 먹으면서 철새들을 구경한 기억은 한 폭의 따뜻한 풍경화처럼 기억에 남아 있다. 야구를 좋아해서 세이부라이온스 구장에서 이 팀의 4번 타자 기요하라 가즈히로(清原 和博) 선수를 응원하기도 했다. 유독 그를 응원했던 건 그가 재일교포였기 때문이다. 그 무렵 아내는 인근 게이오백화점 식품가에서 파트타임으로 즐거운 시간(?)을 보내면서 좋은 TV를 장만하기도 하였다.

한국으로 돌아오기 일주일 전 주말이었다. 미에대학에서 연수 받을 때 인연이 생긴 오다(小田)박사가 왔다. 일본 담배공사에 다니는 그는 우리 애들과 비슷한 또래의 아이들을 데리고 자동차로 6시간 걸리는 거리도 마다하고 찾아와주었다. 집에서 같이 저녁을 먹고 어른들은 앉아서 이야기를 나누고 아이들은 불꽃놀이를 한다며 나갔다.

얼마나 지났을까, 갑자기 화재경보가 울리고 아이들이 집으로 달려왔다. 불이 난 것은 아니지만 연기 때문에 화재경보가 울린 것이었다. 가게에서 불꽃놀이를 사서 밖에서 놀아야 하는데 바람이 많이 불고 하니까 우리 몰래 복도에서 불꽃놀이를 한 것이 원인이었다. 놀라기도 하고 화가 나기도 해서 아이들을 야단치고 있는데 밖에서 사이렌 소리가 들렸다. 나가보니 소방차 10여 대가 번쩍거리고 있었다. 화재경보가 울리자 게스트하우스에 묵고 있던 다른 외국인이 소방서에 신고를 한 모양이었다.

나는 정말 큰일 났다고 생각했다. 어릴 때 생각만으로 불을 내면 소방차가 출동한 비용을 물어야 한다고 알고 있었다. 10대가 넘게 왔으니 그 비용이 얼마나 많을 것인가 생각하니 참 난감했다. 소방서장께 사과를 하고 곁에 있는 아이들에게 큰 소리로 야단을 치는데 서장께서 만류하셨다. 애들이니까 그럴 수 있다면서. 그들은 이왕 온 김에 소방점검이나 하고 가자며 한 시간 정도 게스트하우스의 소방시설을 점검하고 돌아갔다. 그러고 나서 생각하니 얼굴이 좀 화끈거렸다. 차분하게 대응했어도 됐을 텐데 우선 내가 놀라서 아이들에게 소리를 지르고 말았다. 우리 애들과 오다 씨의 아이들, 그리고 오다 씨 부부에게 참 미안했다. 지나고 나서 보니 그 일도 참 즐거운 기억이 되었다.

이 시절을 이야기하면서 빼놓을 수 없는 분이 연구실의 도쓰까(戶分積) 교수와 미야께(三宅) 조교수(현재 나고야대학 교수)다. 내가 연구할 수 있는 여건을 만들어주고 정말 가족처럼 대해주셨다. 돌아오기 전, 연구결과 발표회를 끝내고 정문에서 기념사진을 찍으면서 도쓰까 교수가 학생들에게 말했다.

"박 선생과 나는 친구다."

친구라고 불러주는 것이 참 고마웠다. 그런데 학생들이 장난스레 딴죽을 걸었다.

"키는 박 선생님이 20cm나 크고 나이는 도쓰까 선생님이 20세나 많은데 어떻게 친구가 됩니까?"

그러자 도쓰까교수가 이렇게 대답했다.

"친구는 나이나 키와는 무관하고 단지 마음만 통하면 된다."

연세가 많으신 도쓰까 교수는 지하철을 두 번 갈아타야 하는 원거리에서 통근을 하셨다. 그런데도 한 번도 8시 30분 이후에 출근하는 것을 본 적이 없다. 나는 집도 가깝고 일어나는 대로 출근을 했기 때문에 늘 8시쯤에는 연구실에 도착했다. 도쓰까 교수는 출근시간뿐 아니라 모든 면에서 철두철미했고 그런 태도를 본받기 위해 노력했다. 그 무렵, 내 생활의 흐름이 촌놈에서 연구자로 바뀌었던 것 같다.

그 때의 일들을 떠올리니 마음이 따뜻해진다. 이제 다시, 정화조 개발 이야기로 돌아가자.

## 급할수록 정석을 밟아야 하는 이유

해야 해서, 하고 싶어서 맡은 과제이긴 했지만 걱정이 되는 것도 사실이었다. 엄혹하던 시절의 대통령 긴급 과제였다. 일이 잘못되기라도 하면 청와대에서 잘 알지도 못하는 놈이 똥 만져봤다고 나서서 다 망쳐 놨다고 하지는 않을까. 농사나 지어야 할 놈이 나서더니 꼴좋다며 비웃지는 않을까. 빨리 결과물을 내야 한다는 조급증도 없지 않았지만 그럴수록 정석을 밟아가야 한다고 생각했다.

비록 환경전공자는 아니지만 완전히 문외한은 아니었다. 농학에도 기본생물학이 있고 벼를 키우는 수도작이라는 것도 있다. 예를 들어 벼를 키울 때 비료를 주면 여기에 있는 질소가 질산태로 있다가 벼에 흡수되어야 한다. 그런데 질소가 미생물 등에 의해 분해가 되면 질소 가스가 되어 대기 중으로 날아가 버린다. 이것을 탈질이라고 하는데 농학에서는 탈질이 일어나지 않게 하는 것이 중요하다. 환경에서는 반대로 탈질이 빨리 되게 하는 것이 숙제다. 물속에 질소나 인이 많을 때 발생하는 것이 우리가 자주 듣는 부영양화라는 것이다. 수도작과 환경은 탈질 방지냐 탈질 촉진이냐는 정반대의 목표를 가지고 있지만 기본적인 원리는 같다.

또 우리 연구실에서 대학으로 간 사람들이 분뇨를 활용하는 연구를 했던 것도 유심히 본 적이 있었다. 톱밥이나 왕겨 등을 넣는 방법으로 재래식 화장실을 개선하는 연구를 하기도 했었다. 그런 기억들을 떠올리며 어떤 식으로 끌고 나가야 할지를 생각했다. 환경공학은 응용학문이자 실용학문이다. 새로운 이론을 만들어낼 수도 있지만 기존에 있던 이론들을 어떻게 활용하는가가 중요하다. 전문적인 이론보다는 실용적인 아이디어를 내는 것이 관건이다. 다행히 그런 방향을 잡는 데는 재능이 있었던 것 같다. 지금까지 내가 어떤 식으로 가야 된다고 하면 그 방향이 대체로 성공을 했다. 나는 이런 재능이 농사를 지었던 덕분이라고 생각한다. 농사는 자연의 거대한 흐름에 따라 움직이는 것이다. 그래서인지 큰 틀을 보는 능력이 키워졌던 것 같다.

나는 늘 집에서 우둔하고 느리다는 아내의 잔소리를 듣는다. 나를 아는 사람들도 대체로 내가 생각이 느리고 진부하다는 평가를 한다. 그렇게 느리고 고리타분한 생각으로 어떻게 첨단의 연구를 하느냐는 핀잔을 듣기도 한다. 연구를 할 때 내가 얼마나 집요한지 모르니까 하는 소리다.

사람의 에너지는 한계가 있다. 연구에 거의 모든 에너지를 투입해 버리니까 집에 가면 방전이 되어서 느린 것이다. 삶의 에너지는 골고루 분배하는 것보다 중요한 한 가지 일에 집중 투입하는 것이 좋다. 그래야 성과가 나온다.

재래식 화장실에 대한 연구 자료는 있어도 정화조에 대한 자료는 거의 없었다. 분뇨에 대한 연구는 있지만 정화조는 제대로 연구한 적이 없었기 때문이다. 무엇이든 개선을 하려면 현재 상태를 정확하게 알아야 한다. 무턱대고 덤볐다가는 똑같은 문제를 갖고 있는 결과를 내거나 최악의 경우 더 나쁜 결과물이 나올 수도 있다.

정화조 개선 프로젝트 팀에는 나를 도와줄 몇 명의 연구원이 배정되었다. 그때의 표현에 따르면 '운도 지지리 없는' 사람들이었다. 선임연구원은 스스로 자기 연구를 결정할 수 있지만 연구원들에게는 그런 권한이 없다. 어떤 선임연구원 밑에서 일할지도 결정할 수 없다. 일반회사로 따지면 발령이 나는 데서 일을 해야 한다. 하고 많은 연구들 중에 하필이면 똥을 연구하는 팀에 배속된 것이다. 우리는 제일 먼저 전국에 보급되어 있는 정화조의 실태를 조사하기로 했다. 두세 달 동안 정화조 업체 리스트를 받아서 다 다녔다. 업체들에게 공정에 대한 자문도 구하고 현재의 문제점을 조사했다.

지금의 기준으로 20여 년 전을 재단하기는 무리가 있겠지만 당시 보급된 정화조는 엉망이었다. 환경에 대한 개념도 없고 마땅한 법 규정도 없다보니 원가절감에만 초점이 맞춰져 있었다. 정화조라는 이름을 붙이기에도 민망할 정도였다. 그냥 통 수준이었고 통 속에 뭘 한다고 한 것이 오히려 분해를 방해했다. 통상 5인 가구를 기준으로 하면 그

용량이 1.5톤은 되어야 하는데 1.1톤에 불과했다.

특히 어떤 업자가 이것을 특허를 내서 전국을 석권해버렸다. 처리가 잘 될 리 없었다. 이때의 처리란 미생물에 의한 분해를 뜻한다. 정화조로 들어간 분뇨 중 똥을 비롯한 오염물은 가라앉고 웃물은 흘러나간다. 가라앉은 것은 혐기성 미생물에 의해 분해가 되고 분해된 것은 다시 흘러 나간다. 만약 분해가 되지 않고 똥이 그대로 쌓인다면 지금보다 통이 훨씬 커야 한다. 결론적으로 이야기하면 정화조 구실을 제대로 못하는 정화조들이 각 가정에서 나오는 분뇨를 하수구나 하천으로 흘려보내고 있었던 것이다.

국내 실태 조사를 어느 정도 끝낸 이후에는 이웃 일본으로 눈을 돌렸다. 우리처럼 인구밀도가 높고 제반 환경조건도 비슷한 일본은 환경 분야에서 우리보다 앞서 있었다. 일본의 교수들에게 자료를 부탁해 받기도 했고 일본 업체들을 찾아서 자료를 받기도 했다. 업체들은 혹시나 수출을 할 수도 있다는 기대감 때문인지 적극적으로 도와주었다.

88년에 동경농공대학에서 박사 후 과정을 하면서 일본어를 어느 정도 마스터했지만 그때는 일본어가 능숙하지 않았다. 대학원 때 제2외국어로 일본어를 배웠다고 해도 고작 2년이었다. 의사소통은 주로 한자로 했는데 어린 시절 읽었던 신문이 큰 도움이 되었다. 짐작컨대 아버지의 친구께서 새롭게 한국일보의 지국장을 맡게 되셨던 것 같다.

• 일본 미야자키 현에 수출되어 설치중인 축산정화조 현장

그래서 친구들에게 강매(?)를 한 것인데 아버지는 헤드라인 정도만 보셨다. 신문은 어머니와 나의 차지가 되었다.

어머니는 당시 여성으로서는 드물게 소학교를 나오셨다. 외가 어른들이 깨치신 분들이셨는지 가난한 살림 중에도 어머니를 소학교에 보냈다. 어린 어머니는 산골에서 매일 30리를 걸어 학교에 가셨다고 한다. 덕분에 다른 친구들과 달리, 나는 어머니께 한글과 산수를 배울 수 있었다. 어머니는 신문에서 〈벽오동 심은 뜻은〉이라는 소설을 좋아하셨다. 가끔 밤에 동네사람들이 모이면 그 줄거리를 이야기해주곤 하셨다.

나는 마치 공부를 하듯이 모든 면을 꼼꼼하게 읽었다. 신문은 온통 한자였다. 심지어 토씨도 달리지 않은 한문 문장도 있었다. 옥편으로 찾아가면서 읽고 어떤 것은 짐작으로 맞춰서 읽곤 했다. 연재되던 삼국지를 특히 좋아했던 기억이 있다. 그런 과정에서 자연스럽게 한문 실력이 늘었던 것 같다. 아는 한자에 일본어 토씨를 대충 붙이면 뜻은 통했다.

국내 실태 조사, 일본의 자료와 업계 조사, 그리고 분뇨와 관련된 각종 연구 자료를 수집하고 분석하는 데 꼬박 1년이 걸렸다. 무슨 자료 수집을 1년씩이나 하냐고 할 수 있다. 짧은 기간은 아니다. 그 사이 공해 피해 조사 같은 일을 병행한 탓도 있지만 꽤 긴 시간 동안 사전 조사를 한 것이다. 그러나 급할수록 정석대로 가야 한다는 게 내 생각이다. 정화조는 땅 속에 묻는 물건이다. 일단 묻고 나면 잘못된 걸 알기도 어렵고 그걸 알아도 다시 파내기가 어렵다. 그만큼 신중해야 한다는 말이다. 무슨 일이든 기초를 튼튼하게 다져야 실수가 없고 더 빨리 갈 수 있는 법이다.

• 현장 설치 후 하준수 연구원과 시설 점검

## 신선한 똥을 찾아서

내가 말을 꺼내자 연구원들의 입이 떡 벌어졌다.

"예?! 진짜 똥으로 하자고요?"

똥을 처리하는 정화조를 만드는 데 똥으로 실험을 하는 것은 상식이다. 그런데 이 상식대로 하기에는 '위험 부담'이 너무 크다. 사람은 희한하게도 1초 전에 자기 입에 있던 침도 일단 뱉고 나면 더럽다고 느낀다. 똥오줌도 자기 몸속에 항상 있는 것인데도 일단 배설을 하고 나면 그만큼 더러운 것도 없다. 세균에 감염될 위험도 있으니 건강을 위해서는 좋은 반응이다. 그래서인지 그간의 연구를 보면 '가짜 분뇨'를 만들어서 실험을 했다. 단백질, 전분, 암모니아 등 화학약품으로 분뇨와 비슷한 성분을 만든 것이 실험용 가짜 분뇨다. 우리가 화장실에서 대소변을 보면 물을 내린다. 원래는 BOD가 2만ppm 정도인데 물과 섞이면서 약 380ppm으로 떨어진다. 실험용 분뇨는 화학약품에 물을 섞어서 이 농도까지 맞춘다.

그런데 이렇게 '꼼꼼하게' 실험을 했는데 문제가 생겼다. 어떤 공정을 개발해 적용하면 실험실에서는 잘 되는데 현장에서는 결과가 안 좋았다는 것이다. 1년간의 조사에서 그런 이야기를 듣고 읽었다. 우리는 실용화가 목적인만큼 최대한 실용적인 연구를 해야 한다.

"우리가 논문을 쓰는 것도 아니고 현장에서 실용화를 해야 하는 일이다. 어렵더라도 현장에 맞는 연구를 해야 해."

'지지리 복도 없는' 연구원들은 설상가상이라며 신세 한탄을 했을지도 모르겠다.

"그래도 냄새도 나고, 꼭 진짜 똥으로…."

"만약에 현장에 가서 안 되면 책임질래? 현장의 원료로 해야 현장에서도 잘 되지. 샘플은 중랑분뇨처리장에서 받아서 할 거다."

나는 쇄기를 박았다.

드디어 결전의 날이 다가왔다. 연구원 3명과 나는 승합차에 타고 중랑분뇨처리장으로 갔다. 우리는 청소차가 오기를 기다렸다. 정확히는 청소차가 각 가정이나 공중화장실 등에서 퍼온 분뇨를 기다렸던 것이다. 연구원들은 뇌를 집에다 두고 온 듯 이미 얼이 빠져 있었다. 회색 작업복을 입었지만 그들에게 그것은 너무나 얇게 느껴졌을 것이다. 할 수만 있다면 우주비행사들이 입는 옷과 헬멧을 쓰고 싶지 않았을까.

마침내 '손꼽아' 기다리던 청소차가 왔다. 짐작은 했지만 어떻게 하나 보려고 나도 가만히 있었다. 아니나 다를까 연구원들은 멀거니 보고 있기만 했다.

"왜 가만히 있냐?"

"모, 모르겠어요."

"고무장갑 이리 줘봐라."

나는 고무장갑을 꼈다.(식사 시간이 다되었고 상상력이 풍부한 독자라면 이 부분은 조금 있다가 읽으시는 것도 좋겠다.)

분뇨를 받는 과정은 다음과 같다. 먼저 고무대야 위에 우리 연구실에서 특별 제작한 스테인리스로 만든 용수를 받쳤다. 그 다음에는 청소차의 배수 파이프를 여기에 대고 분뇨를 흘린다. 오줌과 물은 그대로 빠지지만 덩어리는 용수에 걸린다. 그러면 고무장갑을 낀 손으로 비벼서 내린다. 담배꽁초 같은 협잡물이 나오면 버린다. 조심한다고 해도 똥물이 안 튈 수가 없다. 작업복에도 튀고 양말에도 튀고 또 맨살에도 튄다.

가슴에 손을 얹고 말하건대 좀 더럽기는 해도 그렇게 힘들지는 않았다. 어릴 때부터 했던 일이다. 용수를 받쳐놓고 비비지는 않았어도 집에 있는 재래식 화장실 즉 변소를 퍼서 똥장군에 지고 거름으로 만들었다. 그걸로 고추나 마늘과 같은 여러 가지 밭작물들을 키웠다. 농작물들은 똥에 있는 영양분을 먹고 자라고 우리는 그것을 먹는다. 그러니 더럽다고 너무 호들갑 떨 일은 아니다.

작업을 끝내고 5개의 말통에 퍼 담아 옮겼다. 그리고 일어서서 연구원들에게 말했다.

"이렇게 하는 거다. 다음부터는 이렇게 해라."

누구 하나 대답하는 사람이 없이 모두들 시큰둥한 표정이었다. 아직 정신을 수습하지 못한 것 같았다.

이후에는 연구원들끼리 가서 분뇨를 가져왔고 나는 미안해서 가끔씩 따라가곤 했다. 처음에는 죽을 날 받아놓은 사람 표정이더니 나중에는 이렇게 말하는 수준까지 갔다.

"오늘 좋은 거 좀 들어왔어요?"

좋은 것이란 가정의 재래식화장실에서 퍼온 것을 말한다. 공중화장실에서 온 것은 불순물이 많고 큰 건물의 정화시설에서 들어오는 오수찌꺼기는 너무 묽기 때문이다.

가져온 분뇨는 대형냉장고에 넣어 싱싱한 상태로 보관해야 한다. 똥이 상하면 제대로 된 결과물을 낼 수 없다. 우리 입장에서는 상하는 거지만 사실은 미생물에 의해 분해가 되는 것이다. 냉장고에 있는 분뇨는 필요할 때마다 조금씩 꺼내서 물에 희석시켜서 쓴다. 실제로 정화조에 들어갈 때의 농도를 맞추기 위해서다. 꺼내서 '조제'를 하면 냄새가 많이 났다. 냄새로 치자면 사람 똥도 아주 강한 편에 속한다. 제일 심한 것이 돼지나 닭의 똥이고 비교적 덜한 것이 소 같은 초식동물의 똥이다. 냄새가 강한 것이 거름으로는 더 좋다. 영양분이 많을수록 냄새가 심하다. 그래서 똥도 부잣집 똥이 더 좋다는 말이 있는 것이다. 과거 비료사정이 여의치 않을 때 인분이나 가축분뇨는 굉장히 중요한 비료자원이었다. 그래서 내가 어릴 때만 해도 화장실이 급해도 꼭 자기 집 혹은 자기 논밭으로 달려가서 일을 보는 어른들이 많았다.

논밭에 있을 때는 귀하던 것이 연구실로 오니 애물단지로 취급을 받게 되었다. 어쨌거나 피해를 줄 수는 없으니까 냄새가 새나가는 것을 방지하기 위해서 강력한 후드를 달았다. 연구비가 많아서 가능한 일이었다. 문제는 정전이 될 때였다. 그때만 해도 여름에는 정전이 되는 일이 잦았다. 그러면 냄새가 환기파이프를 타고 온 연구동을 돌아다녔다.

우리는 늘 냄새를 맡으니까 무뎌져 있지만 다른 연구실의 사람들에게는 지옥이나 다를 바 없었을 것이다. 가끔 항의를 하러 찾아오는 사람이 있었다.

"아이 뭐, 박 박사는 뭔 일을 하는데 그렇게 냄새를 풍깁니까?"

이렇게 말하면서 실험실로 들어오면 거기에는 똥이 있었다. 기겁을 하면서 해서는 안 될 말을 한다.

"아니, 키스트 같은 데서 하이테크를 해야지 똥이나 하고 이거 뭐."

"그런 소리 하지 마십시오. 만날 만지는 사람도 있는데. 가끔 냄새 좀 난다고 그러시면 좀 그렇습니다."

미안한 마음이 있어서 크게 화를 내지는 못해도 기분이 좋지는 않았다.

## 지지부진함과의 싸움에서 승리

대부분 현장에 적용해야 하는 공법들은 처음에는 모형으로 실험을 한다. 여러 가지 모형들을 설치해서 실험을 하고 그 중 결과가 좋은 것들을 선별해서 다시 개선하는 작업을 한다. 다시 그 중에서 제일 좋은 모형을 골라 실물 크기로 제작을 한 다음 시험적으로 현장에 적용한다. 그 결과가 나온 다음에야 비로소 보급이 되는 것이다.

우리는 아크릴로 모두 6개의 정화조 모형을 만들었다. 기존에 많이 보급되어 있는 정화조, 일본에서 쓰고 있는 것, 그리고 내가 아이디어를 낸 4개의 모형이다. 그다지 처리 효율이 좋지 않은 모형들을 같이 시험하는 건 비교를 하기 위해서다. 이때부터는 인내력이 몹시 요구되는 시간이 다가온다. 만약 우리가 기계적인 무언가를 발견한다면 일은 의외로 빨리 끝날 수도 있다. 에디슨은 전구를 발명하기 위해 수많은 실패를 했다고 하지만 그가 운이 좋았다면 몇 번의 실패만으로도 전구를 발명할 가능성도 있었다.

그런데 우리는 다르다. 첫째는 변수가 너무 다양하다는 것이다. 전구는 유리알 속의 환경을 통제할 수 있다. 하지만 우리는 사람들이 화장실을 사용하는 것을 통제할 수 없다. 그래서 분뇨가 적게 들어갈 때, 분뇨가 한꺼번에 많이 들어갈 때 등 다양한 변수에 대한 실험이 필요하다. 두 번째는 정화조 속에 사는 미생물이다. 분뇨의 양이 적을 때와 많을 때 미생물은 어떤 반응을 보이는지 알지 못한다. 온도에 따른 변화도 있다. 만약 누군가 변기에 소주를 붓는다면 미생물은 영양이 충분하기 때문에 분뇨를 분해하지 않는다. 반대로 세제를 넣으면 미생물의 활동성이 떨어진다. 이렇게 수없이 다양한 변수를 고려하여 실험을 해야 하기 때문에 시간이 오래 걸릴 수밖에 없다.

직접 연구를 하는 내 입장에서 보면 하루하루가 다르다. 물론 이때의 다름은 미세한 차이이지 전구에 불이 들어오는 것처럼 '짠' 하고 나타나지 않는다. 마치 집 한 채를 지을 때 벽돌을 한 장 한 장 쌓는 것과 같다. 몇 개월 동안 벽돌을 쌓아올리다가 결과가 좋지 않으면 허물고 다시 쌓아야 한다. 그래서 때로는 지지부진한 것처럼 느낄 때도 있다. 내가 그런데 밖에서 보는 사람들은 더할 것이다.

하지만 실제로 대부분의 일들이 지지부진해 보이는 작은 변화들이 쌓여서 큰 변화를 만들어 낸다. 마치 운동선수가 매일 조금씩 근육을 키우는 것처럼 말이다.

이 무렵에 아주 재미있는 일이 있었다. 정확한 시기는 기억이 나지 않는다. 한 분뇨처리시설에 갔다가 급하게 샘플을 채취해야 할 일이 생겼다. 준비를 하고 갔으면 아이스박스를 갖고 갔을 텐데 차 안에는 생수병보다 조금 작은 샘플통만 있었다. 임기응변으로 샘플통을 종이상자에 담고 집으로 왔다. 제대로 하자면 연구실로 가서 냉장고에 넣어야 하는데 시계가 자정을 가리키고 있었다. 집으로 똥 샘플을 가지고 가는 게 특별한 일은 아니다. 밤이고 낮이고 평일이고 주말이고 필요하면 현장에 갔기 때문에 연구실로 가기엔 시간이 너무 늦은 경우들이 많았다. 지금도 대부분의 주말에 필요한 일이 생긴다. 아내 역시 덤덤하게 받아들였다. 퇴근을 한 내가 양동이에 물을 받으면 '오늘도 똥

• 에비 록펠러 저택에 설치된 화장실

을 가지고 왔구나.' 하고 여겼다. 양동이에 샘플들을 넣고 베란다에 내놓아야 상하지 않기 때문이다. 이런 부분에 대해서는 한 번도 불만을 표시하지 않았다. 남편이 먹고 사는 일이 그건데 어쩔 수 있겠는가. 다만 거의 매주 주말에도 나가니까 그게 불만이었다.

자정이 살짝 지난 시간에 문을 열고 들어가니 아내가 안방에서 나왔다. 내 손에는 샘플통들이 담긴 종이상자가 들려 있었다. 그리고 사건이 일어났다. 내가 현관에서 거실로 몇 발자국 뗐을 때 종이상자 밑이 빠지면서 샘플통이 바닥으로 떨어졌다. 습기 때문에 상자가 물러졌던 것이다. 바닥에 떨어진 샘플통의 뚜껑이 열리면서 거실에 '샘플' 이 확 퍼졌다. 거실이 '샘플 칠갑' 이 된 것이다. 이쯤 되면 부부싸움을 크게 한 번 하는 것이 인지상정이다. 아니면 사고를 친 장본인이 '백배사죄' 를 해야 한다. 그런데 우리는 싸움을 하지도 않았고 내가 사죄를 하는 일도 없었다. 잠깐은 당황했지만 우리는 조용히 사태를 수습했다. 그리고 별일 없었다는 듯이 씻고 잤다. 나야 늘 맡는 냄새니까 몰라도 한동안 집에서 냄새가 좀 났을 것이다. 이 정도의 일만도 화제가 되기에 충분한데 더 놀라운 일이 있다. 이렇게 특별한 경험을 아내는 기억하지 못한다. 아내에게는 별 일이 아니었던 모양이다. 참 신기하고도 고마운 일이다.

나에게는 '홍미로운 인내의 시간' 이었지만 그 이야기를 그대로 전하면 독자들에게는 참 지루할 것이다. 그래서 간단히 요약해서 들려드리는 게 좋겠다. 정화조 개발에 횟수로 5년이 걸려 두 개의 모델이 나왔다. 혹독한 시험을 거쳐 선택된 두 개의 모델은 실물로 제작돼 마지막 시험을 거쳤다. 지금은 도시가 된 경기도의 농가 열 가구를 선택해 화장실을 수세식으로 바꿔주고 거기서 1년 정도 시험을 했다. 그 결과를 바탕으로 다시 개선을 해서 최종 모델을 만든 것이다.

첫 번째 모델은 호기성 미생물을 이용한 도시형이다. 호기성이란 산소를 좋아한다는 뜻이다. 활동성이 뛰어나 처리 효율이 좋고 냄새도 나지 않는다. 대신 정화조에 공기를 넣어줘야 하기 때문에 전기세가 든다. 당시 전기세 기준으로 한 달에 약 1000원정도가 나왔다. 또 하나의 모델은 농촌형이다. 도시형이 5인 기준 1톤인데 반해 1.5톤은 되어야 한다. 산소를 싫어하는 혐기성 미생물을 이용하는 것인데 기존의 정화조보다 칸막이를 하나 더 설치해서 분뇨의 체류 시간을 길게 한 것이 핵심이다. 혐기성 미생물은 호기성에 비해 처리효율이 떨어지고 냄새도 많이 난다. 굳이 농촌형과 도시형 두 가지 모델을 개발한 데는 다 그만한 이유가 있다.

농촌은 아무래도 공간적인 여유가 있고 굳이 빠른 처리를 할 필요가 없다. 또 시골에서는 늘 현금이 부족하니까 그런 사정도 고려를 했다. 반면 도시는 공간이 협소하고 농촌에 비해 냄새에 민감하니까(시골에서는 항상 퇴비 냄새가 난다.) 냄새가 덜한 공정을 개발했던 것이다.

그런데 결국 거의 다 농촌형이 보급되었다. 적은 돈이긴 해도 눈에 보이지도 않는 곳에 매달 돈을 내는 것을 사람들이 싫어했기 때문이다. 일부 외곽의 전원주택 등에서는 호기성을 선호하기도 했지만 극히 일부였다.

5년이나 연구해서 겨우 두 개의 모델을 만들었느냐고 하면 할 말은 없다. 겨우 그거 하려고 많은 돈과 시간을 썼느냐고 해도 할 말은 없다. 일의 성격이 그런 것이다. 5년에 두 개밖에 못 만든 게 아니라 그 두 개 모델을 만들기 위해 5년을 보냈다고 말할 뿐이다.

원래 아이디어라는 게 해놓고 보면 별 거 아니다. '그 정도는 나도 할 수 있겠다' 고 말하기 쉽다. 하지만 그 아이디어를 최초로 내는 것은 결코 쉬운 일이 아니다. 종이컵도 별 특별한 것이 아니고 구부러지는 빨대도 별 것 아니다. 그러나 그 아이디어를 낸 사람들은 큰 부자가 되었다.

우리가 만든 정화조는 전국적으로 수십만 가구에 보급이 되었다. 큰 성공이라고 보기는 어렵다. 하지만 분뇨정화조 개발은 내 평생 연구의 씨앗이 되었다. 그런 점에서 내게 굉장히 큰 의미가 있다. 이것이 인연이 되어 큰 성공을 거둔 축산정화조를 만들 수 있었기 때문이다.

## 똥통에 빠져도 기분이 좋다

분뇨정화조의 현장 시험이 끝날 때 시연을 하고 결과를 발표하는 자리를 가졌다. 언론에서도 오고 정화조 업계에서도 사람들이 많이 왔다. 그 자리에서 어떤 분이 명함을 건네며 인사를 했다. 부여에서 폐비닐을 녹여 고무대야나 축산분뇨를 담아두는 통을 만드는 사람이라고 했다. 그러면서 어떻게 알았는지 내게 이런 질문을 했다.

"박사님, 뭐 사업할 만한 아이템 없겠습니까?"

그렇다. 내게는 사업할 만한 아이템이 있었다. 분뇨정화조, 특히 도시형을 만들면서 축산분뇨정화조를 생각하고 있었다. 그 당시에는 우리나라 축산농가의 98%가 영세농들이었다. 농사를 주업으로 하면서 조그마한 축사를 만들어서 돼지나 소를 키웠다. 대규모로 하면 허가를 받아야 하지만 워낙 소규모다 보니 신고만 하면 되었다. 소규모 축산농가에서 가축 분뇨를 강으로 마구 흘려보내도 그것을 규제할 법적 조항이 없었다. 농사를 지으니까 귀한 가축 똥을 그냥 버리지는 않는다. 문제는 똥 찌꺼기와 오줌이다. 축사 청소를 하면서 물로 씻어내면 그대로 강물로 흘러들어간다. 특히 돼지의 분뇨는 축사를 청소한 물이 인분보다 10배나 농도가 짙다. 이걸 방치하면 강물이 망가지는 건 시간문제다.

이런 사정 때문에 다음에는 축산분뇨정화조를 만들어야겠다고 생각하고 있던 차에 그 질문을 받은 것이다.

"축산 쪽을 한번 해보시죠."

그 자리에서는 서로 의사만 확인하고 헤어졌다. 돌아와서 연구계획서를 써보니 2년 동안 약 1억2천만 원이라는 비용이 들 거라는 계산이 나왔다. 그때가 89년이다. 물가를 감안하면 중소기업이 감당하기에는 엄청나게 큰 액수였다. 연구실로 찾아온 그에게 계획서를 보여주면서 물었다.

"비용이 적지 않은데 하실 수 있겠습니까?"

"예, 할 수 있습니다. 연구비를 대겠습니다."

호기로운 대답을 듣고 마음이 놓였는데 배웅을 하면서 조금 불안해졌다. 그가 타고 온 차가 흔히 말하는 '똥차' 였다. 저런 차를 타고 다니는 사람이 그렇게 큰돈을 댈 수 있을까 싶었다. 괜히 체면 때문에 억지로 하다가 자금이 막히면 서로에게 좋지 않은 일이다.

"사장님, 꼭 안하셔도 됩니다. 너무 부담 가지지 마세요."

"뭘 그런 말씀을 하십니까. 하겠습니다. 걱정하지 마세요."

드디어 똥에서 벗어난다고 좋아했을, 지지리 복도 없는 우리 연구원들은 이제 돼지 똥을 가지러 퇴계원으로 가야 했다. 주인을 잘못 만나 음식 한 번 품어보지 못한 우리 냉장고도 사람 똥 대신 돼지 똥을 보관

해야 했다. 우리 집 베란다에도 수시로 돼지 똥 샘플이 놓이게 되었다. 다행히 돼지 똥을 거실에 쏟는 참극은 벌어지지 않았다.

하고 싶었던 프로젝트였지만 시작할 때는 스트레스를 많이 받았다. 솔직히 정부에서 내려오는 과제는 아무래도 부담감이 적다. 그래서는 안 되고, 그렇게 하는 사람도 없겠지만 보고서만 써내도 된다. 그런데 이번에는 기업에서 연구비를 대는 프로젝트다. 내가 제대로 된 제품을 만들어내지 못하거나 제 때에 개발하지 못하면 나를 믿고 연구비를 지원해준 기업이 막대한 손해를 입게 된다. 더구나 내게 자금을 댄 기업은 그 정도 금액이면 도산할 수도 있었다. 되도록 빨리 개발해줘야 한다는 강박관념이 강했다.

초기에는 자려고 누우면 천장에 똥이 둥둥 떠다니곤 했다. 만약 이 스트레스가 계속 이어졌다면 제대로 된 연구를 하지 못했을 것이다. 스트레스는 어떤 일에 몰입하는 데 도움이 되지만 일단 몰입하고 나면 그 스트레스는 잊어야 한다. 그래야 진정한 몰입이 된다. 내내 불안해서는 머리가 돌아가지 않는다. 나는 새로운 도전을 할 때는 약간의 스트레스를 받지만 일단 시작하면 즐거워진다. 특히 아이디어가 떠오를 때는 그렇게 기분이 좋을 수가 없다.

처음부터 호기성 미생물을 이용한 정화조는 크기가 작으니까 소규모 농가에서 활용하면 좋을 거라고 생각을 하고 있어서 그 쪽으로 집중을 했다. 몇 개의 공정을 구상하고 모형을 만들어서 해보니 약 6개월 후에 좋은 결과가 나왔다. 모형을 현장용으로 만들어 퇴계원에 있는 농가 하나를 수배해 현장 실험을 했는데 역시 결과가 좋았다. 원래 계획은 2년이었는데 현장 실험까지 마치고 완제품이 나오기까지 약 1년이 걸렸다. 이렇게 빨리 좋은 결과가 나올 수 있었던 것은 분뇨정화조 때 정석을 밟았기 때문이다. 그때 주먹구구식으로 했다면 분뇨정화조 때는 조금 빨리 만들 수 있었겠지만 이번에도 비슷한 기간이 걸렸을 것이다. 분뇨정화조 개발에 들인 5년은 두고두고 내 연구의 중요한 밑천이 되었다.

축산분뇨정화조가 막 보급되기 시작하던 즈음이었다. 현장 실험을 거쳤다고 해도 다른 현장에서도 100% 똑같은 결과가 나오리라는 보장은 없다. 또 불순물이 섞이는 등 관리를 잘못하면 예상했던 처리 효율이 나오지 않을 수도 있다. 그래서 초기에는 업체에서 설치한 농가의 주소를 받아 점검을 하러 다니곤 했다. 그런 일은 주로 주말에 혼자 다녔다. 분뇨정화조 때도 그랬지만 이번에도 나는 평일에는 늦게 들어오고 주말에는 집에 없는 사람이었다.

아내는 늘 그게 불만이었고 나는 유구무언이었다. 아이들이 한창 클 땐데 아빠라는 사람이 놀아주지도 못하고 매일 아이스박스에 똥이나 싣고 다니면서, 때로는 집에까지 똥을 끌어들이니까 아내 눈에 곱게 보였을 리 없다. 늘 고맙고 늘 미안한 일이다. 예전보다 나아졌지만 지금도 주말에 현장에 나가는 날이 많다. 그래서 아직도 유구무언이다.

그렇게 주말마다 미안해하면서 현장을 다녔다. 그러다가 나에게는 별 일이 아닌데, 이야기를 듣는 사람들은 아주 즐거워하는 에피소드가 생겼다. 경기도 이천의 한 농가에 설치된 우리 정화조를 점검하러 갔다. 관리도 하면서 농민들의 의견을 듣기 위해서였다.

농가에 가서 보면 정화조가 묻혀 있는 곳이 보인다. 워낙 일상적으로 하는 일이니까 인사할 것도 없이 곧바로 정화조로 갔다. 겨울이어서 정화조 주변으로 김이 모락모락 나고 있었다. 샘플을 채취하기 위해 뚜껑을 열어보면 상태가 어떤지 알 수 있다.

정확한 것은 분석을 해봐야 알지만 눈으로 보거나 냄새로 어느 정도 가늠할 수 있다. 호기성 미생물을 이용한 정화조이기 때문에 처리가 잘 되고 있다면 냄새가 많이 나지 않는다. 냄새가 별로 나지 않아서 기분이 좋았다. 매번 하는 일인데도 그때마다 처리가 잘 되고 있으면 기분이 좋다.

샘플을 채취하려고 뚜껑에 걸터앉아서 허리를 숙이는 순간 '미끌' 했다. 겨울에는 정화조가 항상 미끄러운데 부주의했다. 분뇨정화조보다 더 큰 축산분뇨정화조의 깊이는 3미터였고 그 중 거의 9할이 차 있었다. 집에서는 느리다고 욕을 먹는데 그때는 나도 모르는 순발력이 나왔다. 어떻게 했는지 정화조 어디를 잡은 모양이다. 그래서 완전히 잠수하지는 않았다. 그러니까 목만 내놓고 돼지 똥물에 목욕을 한 것이다. 정화조 안에는 따뜻하더니 나오니까 추웠다. 똥물에 젖은 채로 덜덜 떨면서 농가의 문을 두드렸다. 나를 본 집주인은 눈부터 동그래졌다.

"누, 누구세요?"

"아, 예. 저기 정화조 만든 사람인데 점검하러 왔다가…."

"어쩌다가 그러셨어요?"

"예, 뭐. 좀 씻을 수 있을까요?"

돌이켜보면 코미디의 한 장면이다. 사람들도 이 부분에서 많이 웃는다. 좋은 추억은 아니어도 일을 해나가는 과정이라고 생각했다. 사실 내 기억에 강하게 남아 있는 사건은 따로 있다. 축산농가들이 대부분 외진 곳에 있으니 길이 신통치가 않다. 한 번은 오솔길에서 차를 돌리다가 차가 10미터 정도 되는 낭떠러지로 떨어질 뻔했다. 정말 운 좋게도 나무에 걸려서 구사일생했다.

차를 견인하러 온 렉카 기사가 혀를 내두를 정도였다. 두 사건 모두 연구하는 데 많은 도움이 된 '운 좋은 사건들' 이다. 구체적으로 어떻게 도움이 되었느냐고 하면 딱 꼬집어 이야기할 수는 없다. 그런데 이런 사건들이 쌓이면서 내 터전이 깊고 넓어진다는 느낌을 받았다. 내

KIST

터전을 다져가고 있다는 생각을 한 것이다.

이야기를 조금 뒤로 돌려서, 정화조에 빠졌을 때 내 머릿속에서는 이런 말이 떠올랐다.

'냄새가 별로 안 나네. 정말 처리가 잘 되고 있구나.'

맹세코 똥통에 빠졌다고 해서 '내가 왜 이런 일을 해가지고 이런 고생을 하나.' 라는 생각은 전혀 들지 않았다. 처리가 제대로 안 되고 있는 상황에서 빠지면 스트레스를 받았겠지만 처리가 잘 되고 있는데 무슨 상관인가. 나처럼 연구하는 사람들이 대부분 그렇지 않을까 생각한다. 실험실에서 고생해서 만든 것이 현장에서 잘 적용이 되면 희열을 느끼는 것이고 아니면 스트레스를 받는다. 기분이 좋고 나쁨은 거기에 달려 있는 것이지 나머지 것들은 부수적인 것일 뿐이다. 하기 싫은 일을 억지로 하는 사람은 부수적인 일에서 스트레스를 폭발시킨다. 엎친 데 덮친 격이다. 그런데 꼭 해내야 하고 꼭 해내고 싶은 일을 하는 사람은 부수적인 일은 부수적으로 넘길 수 있다. 중요한 것은 해내기로 마음먹은 일을 해내는 것이다. 똥통에 빠져도 기분이 좋은 것은 내가 해내고자 한 일이 제대로 되고 있었기 때문이다.

## 참 고마운 별명, 똥 박사로 남고 싶다

개발된 축산분뇨정화조를 본격적으로 보급할 시점에 반가운 소식이 들려왔다. 농림부에서 정화조 설치 자금의 70%를 농가에 지원해주는 정책을 발표한 것이다. 그 덕분에 우리가 만든 정화조는 폭발적으로 보급되기 시작했다. 약 5천 농가에 보급이 되었고 한 농가에 여러 대가 보급된 경우가 많았다.

키스트에서 연구에 소요되는 비용은 대체로 두 가지 경로를 통해서 들어온다. 이는 다른 국책연구기관도 다르지 않을 것이다. 첫째는 정부기관에 연구원이 연구계획서를 제출한 후 평가를 거쳐 연구비를 받는 경우다. 두 번째는 기업과 연계한 연구개발이다. 이럴 때 기업은 연구비를 대는 대신 사업권을 가지게 된다. 대부분 정부기관에서 내려오는 연구들이 많은데 나는 90%를 산업체에게 비용을 받아 연구했다. 정부기관에서 받는 건 좋지 않고 산업체에서 받는 게 더 훌륭하다는 뜻은 결코 아니다. 다만 내가 실용화를 더 중요하게 생각하기 때문에 개인적으로 자랑스럽게 생각하는 부분이다.

산업체와 개발한 아이템이 사업화가 되면 매출액의 1.5~2%를 키스트에 로열티로 주게 되어 있다. 그러면 그 돈 중 20~30%를 아이템을 개발한 연구실에 인센티브로 준다.(지금은 50%로 늘었다.) 축산분뇨정화조로 인해 키스트에 들어온 로열티는 1년에 1~2억 원 정도였고 몇 년간 지속되었다. 어림잡아 매년 100억 원의 매출을 올렸다는 이야기다. 이후에 한 다른 연구에 대한 것도 포함해서 지금까지 받은 로얄티가 약 18억 원이다. 물론 내가 다 가지지는 않았다. 우리 연구팀으로 내려온 인센티브인 만큼 연구원들에게도 배분을 하고 연구실에 사용하기도 했다. 2009년에 특허청에서 대학과 공공연구기관을 대상으로 기술이전수입을 조사해 상을 준 적이 있다. 그래서 인센티브 액수를 정확하게 기억하고 있는 것인데, 공공연구기관 부문에서는 내가 4등이었다.

축산정화조가 히트를 치면서 언론의 관심도 많이 받았다. 부족한 사람한테 관심을 가져주고 찾아와주기도 하니까 고맙기는 한데 기사의 초점이 내가 원하는 방향과 다른 경우들이 많다. 정화조 연구에 매진한 것은 키스트 내에서 입지를 다지기 위한 개인적인 목표였던 것은 맞다. 그러나 그것이 전부는 아니다. 그 바탕에는 환경을 생각하는 마음이 있다. 어릴 때부터 깨끗한 물만 보고 자라온 나에게 그것은 지극히 당연한 정서다. 나는 정화조 이야기를 하면서 환경에 대한 이야기가 초점이 되기를 바랐다.

그런데 기자들이 보기에 환경은 그다지 흥미로운 기사감이 되지 못했던 모양이다. 많은 기사들이 '연봉 1억 과학자' 를 머리에 내세웠다.

로열티 수입으로 연봉이 1억 원이 넘는다는 것인데 그런 기사를 볼 때마다 아주 민망했다. 이렇게 된 데에는 지금도 고쳐지지 않고 있는 이공계 기피 현상 때문이었다. 행정전공자에 비해 이공계의 인력들이 천대를 받으니까 박탈감을 느끼는 일이 많다. 내가 아는 분 중 기술직에 계시던 분은 너무 화가 나서 다시 행정고시를 쳐야겠다고 푸념을 하기도 했다. 둘 다 중요한 만큼 균형을 이뤄야 하는데 행정직에서 주도권을 잡고 있으니 같은 현상이 나타날 수밖에 없다.

기자들을 만나면 제발 그런 식으로 기사를 쓰지 말라고 부탁을 해도 또 같은 헤드라인을 달고 나왔다. 오죽했으면 한동안 인터뷰를 거절한 적도 있었다. 그래도 세상에 나쁘기만 한 일은 없는지 그 무렵에 아주 좋은 별명 하나를 얻었다. 한겨레신문의 신동호 기자가 인터뷰를 하고 갔는데 기사가 꽤 크게 나왔다. 전체 기사 제목은 기억나지 않는데 단 하나 눈에 띄는 말이 있었다.

'똥박사.'

주위 사람들은 기분 나쁘지 않느냐고 물어보는데 나는 참 고맙다. 내가 스스로 떠벌리는 것보다 다른 사람이 내 일을 제대로 표현해주니까 고마울 따름이다. 이 별명은 지금까지도 나를 표현하는 아주 좋은 말로 쓰이고 있다.

기사를 보고서야 연봉을 알게 된 친구들이 나를 부러워했다. 지금은

• 합천 축산분뇨처리장 축산폐수 투입 시료채취 현장

연봉 1억이 넘는 사람들이 꽤 있지만 그때는 굉장히 드물었다. 부럽다고 하는 친구들에게 나는 농담처럼 말했다.

"야, 봐라. 똥꿈 꾸면 좋다고 하지? 나는 똥 푼 날에는 천장을 보면 똥이 왔다 갔다 해. 나는 니들보다 똥꿈 꿀 확률이 아주 높지? 돼지꿈도 좋다고 하지? 나는 만날 돼지도 본다. 그러니까 내가 돈 많이 버는 건 당연하잖아."

그러면 친구들도 웃으면서 동의를 해준다. 세상 일이 항상 그렇듯이 좋은 말만 나온 건 아니다. 어떤 사람들은 '박완철이가 별 것도 아닌 걸 만들어서 히트 쳤다.' 고 비아냥거리기도 했다. 별 것도 아닌 걸로 히트를 치는데 왜 '별 것' 을 만들어서 더 큰 히트를 치지 않는지는 모르겠지만 신경이 쓰였다. 그런 사람들은 조그만 흠이라도 있으면 트집을 잡고 악소문을 내었다. 주로 정화조의 처리 효율에 관한 것이었는데 '잘난 척하더니 어디 농가에 가니까 처리가 잘 안 되더라.' 는 내용이었다. 내가 만든 것이니만큼 내가 책임을 져야하고 처리가 안 되는 것이 있으면 원인을 찾아내고 개선하는 것 또한 내 일이다.

안 된다고 해서 가보면 공기를 넣어주는 폭기장치의 전원을 뽑아놓는 곳들이었다. 농민들을 만나서 하나하나 질문을 해나가다 보면 결국 거기에 원인이 있었다. 낮에는 사람들이 보니까 꽂아두고 있다가 밤에는 뽑아놓는 식이었다. 한 달에 전기세 1,000원인데 그게 아까워서 전원을 뽑는 것이다. 그럴 때는 정말 화가 많이 났다. 그래서 때로 언성이 좀 높아지기도 했다.

"아니, 이럴 거면 아예 뽑아놓으세요. 꼈다 켰다 하니까 호기성도 못

• 제7회 대산농촌문화상 시상식

살고 혐기성도 못 살잖습니까. 이게 크기가 작아도 처리가 잘 되는 게 공기 좋아하는 미생물 땜에 그런 건데 그걸 빼니까 처리가 잘 될 리 있습니까."

이렇게 설명도 하고 화를 내도 돌아서면 또 천 원이 아까워서 뽑아놓는 사람들이 있었다. 그래도 우리가 개발한 정화조 덕분에 강물 오염이 많이 방지되었다는 데는 자부심을 느낀다. 그 생각을 절실히 하게 된 것이 대만에 갔을 때였다. 당시 대만은 우리보다 GNP가 높았다. 그런데도 차를 타고 타이베이 시내에 흐르는 강 곁으로 가면 창문을 닫아야 할 정도로 악취가 심했다. 시궁창 냄새가 났었다. 시골에 가면 돼지를 많이 키우는데 도랑이 다 썩어 있었다. 돼지고기는 좋아하면서 그 뒤처리에는 무관심했던 탓이다. 그래서 'GNP는 너희가 높아도 행복지수는 우리가 열 배는 더 높다.' 는 말을 했었다. 대만에 간 것은 수출한 우리 정화조의 가동상태를 봐주기 위해서였다. 대만뿐 아니라 일본에도 수출되었다.

일본 역시 축산폐수 관리는 엉망이었다. 비가 많이 오니까 버리기도 좋았는지 외곽지역은 그냥 흘려보내는 수준이었다. 일본에 수출한 지 약 6개월이 지났을 때 현지 에이전트에서 연락이 왔다. 일본의 한 대학에서 우리와 비슷한 정화조를 개발했다는 것이다. 보내준 자료를 보니 우리 아이디어를 모방한 것이 분명했다. 소송을 걸까 어쩔까 고민을 하다가 그만두기로 했다. 재판을 하면 일본에서 해야 할 텐데 이길 가능성도 적고 거기에 낭비할 시간과 에너지도 아까웠다. 선진국에서 우리 것을 가져갔다는 것에 만족하자고 스스로를 다독였는데 지금 생각해도 잘한 일이다. 그 문제에 매달렸다면 이후에 했던 연구에 큰 지장을 초래했을 것이다.

축산분뇨정화조 개발로 나로서는 참 뜻 깊은 상을 받게 되었다. 대산농촌문화상이 그것이다. 교보생명의 창립자이신 대산 신용호 선생님이 설립하신 대산농촌문화재단에서 주는 상인데, 내가 받은 상은 농업기술부문에서였다. 대산농촌문화상의 취지는 '우리나라 농업과 농촌 발전을 위해 크게 공헌한 농업인과 단체를 발굴하여 그 공로를 치하하고 우리 사회 전체의 귀감으로 삼기 위함' 이다. 촌놈인 내가, 농학을 전공한 내가 엔지니어로 일하면서 농촌에 도움을 줬다는 사실이 굉장히 기분이 좋았다. 상금으로 무려 3,000만 원이나 받았다. 기분이 좋은 김에 상금도 기분 좋게 썼다. 상금의 절반은 축산분뇨정화조를 연구할 수 있는 환경을 조성해 준 키스트에 주었고 나머지 절반은 내가 키스트에 올 수 있는 기반을 마련해 준 건국대 농대에 보냈다. 내 노력을 인정받았다는 것만으로도 충분한 보상이 되었다.

분뇨정화조가 내 연구의 씨앗이었다면 축산분뇨정화조는 꽃이 피기 시작한 시기였다. 성과가 나오면서 괜한 자격지심도 없어졌다. 이렇게 고마운 축산분뇨정화조를 생각할 수 있었던 것은 내가 시골 출신이었기 때문이다. 모든 문제의 해결은 그 문제를 알고 있는 사람만이 해결할 수 있다. 시골의 축사에서 오물이 흘러나오는 것을 보지 못한 사람이 그 아이디어를 떠올릴 수는 없다.

인생은 때로 이상하다. 어렸을 때는 시골이 너무 싫었다. 모내기를 할 때 내 역할은 어른들이 모를 심기 좋게 여기 저기 분배하는 모애비였는데 그 때마다 밤에 오줌을 쌌다. 몸이 너무 약했다. 새참을 먹을 때면 어린 마음에 '아, 사는 게 너무 힘들다' 라는 푸념까지 했다. 내가 만약 나라를 운영할 수 있다면 몇 년 주기로 시골 사람은 도시로, 도시 사람은 시골에 와서 농사를 짓게 했으면 좋겠다는 생각까지 했다. 그런데 마치 미리 준비하기라도 한 듯 그렇게 싫었던 농촌 생활이 내 연구와 인생에 커다란 도움을 주고 있었다. 축산분뇨정화조 개발만을 이야기하는 것이 아니다. 인생에 가정은 없지만, 내가 시골 출신이 아니었다면 지금까지 내가 이뤄낸 성과는 없었을 것 같다.

# 2

# 괜찮아요!

• KIST 운동회

## 좋은 경험도, 나쁜 경험도

아버지는 부자였다. 시골에서 논이 50마지기(10,000평) 정도 되면 중농 이상은 된다. 아버지는 인심도 좋으셨고 술도 좋아하셨다. 얼마나 인심이 좋고 술을 좋아하시는지 지나가는 까마귀도 불러다가 술을 먹일 정도셨다. 마을 일에도 적극적이셔서 새마을지도자를 역임하시면서 우리 동네를 전국 시범 새마을 단지로 만드셨다. 그 공으로 새마을 훈장을 두 개나 받으셨다. 수십 년 전에 마을길을 차 두 대가 지나갈 정도로 넓히셨다. 몸소 서울의 내무부까지 가셔서 예산을 따내셨다. 벼농사로 만든 돈의 99%는 아버지가 쓰셨다. 아버지는 넉넉하게 사셨다.

내가 농잠고등전문학교를 다닐 때였다. 그때 사벌중학교가 새롭게 만들어졌는데 거기에 내 여동생이 입학하게 되었다. 외가 쪽 친척 한 분이 인근 학교에서 교편을 잡으셨는데 '아버지가 부자니까 학교에 뭘 하나 해줬으면 좋겠다.' 고 하셨다. 아버지는 어머니와 상의도 하지 않으시고 피아노를 기증하셨다. 그때 나는 등록금을 내지 못하고 있었다. 그 일 때문에 부부 싸움을 하셨다. 어머니는 '애 학비도 못 주면서 뭐하는 거냐?' 고 따지셨다. 나는 어머니께 '그만하세요. 좋은 일 하신 건데.' 라고 말씀드렸다. 화도 나고 서운했지만 다투시는 것이 싫었고 그보다 어머니가 안쓰러웠다. 때로는 소극적인 반항을 하기도 했고 원망도 많이 했지만 나도 내 가정을 꾸리고 아버지가 되면서 원망하는 마음이 사라졌다. 하기야 10년 전에 돌아가신 분을, 이 나이 먹도록 원망하고 있으면 어쩌겠는가.

어머니는 가난하셨다. 소문난 잔치에 먹을 거 없다고 밖에서 보기에는 부자인데 어머니는 늘 돈에 쪼들리셨다. 남편에게 살림에 필요한 최소한의 돈만 받으셨다. 부족한 돈은 텃밭에서 가꾼 채소 같은 것을 팔아 매우셨다. 시골에서는 땅이 유일한 재산이자 거기서 모든 돈이 나온다. 농부가 바쁘다는 것은 땅이 많다는 것이고 땅이 많은 사람은 형편도 넉넉했다. 그런데 어머니는 고되기만 하고 형편은 넉넉지 않았다. 한창 바쁜 농번기 때는 밤에 주무시지도 못했다. 낮에는 일을 하고 밤부터 새벽까지는 혼자서 열 명도 넘는 일꾼들의 아침, 점심, 저녁과 새참을 장만해야 했다. 어머니의 고생은 동네 사람들이 안쓰러워할 정도였다. 이제는 팔순의 할머니가 되셨다. 옛날 이야기를 하면 '그때는 방법이 없었다.' 고 말씀하신다.

나는 육남매 중 장남으로 태어났다. 내가 태어난 상주는 낙동강 상류지역에 있고 평야가 넓어 경작지가 많다. 통일신라 때 전국을 9주 5소경(9州 5小京)으로 나눴는데 당시 지명이 사벌주였다. 지금에 비해 훨씬 더 '대접' 을 받았는데 아마도 곡창지대였기 때문이었을 것이다.

우리 동네는 사벌면 원홍리였는데 어른들은 '새리' 라고 불렀다. 혼자 있을 때 내가 18번으로 애창하는 상주모심기라는 민요에 나오는 삼한시대의 유명한 공검지(공갈못)가 인근에 있는 곳이다.

어렸을 때, 밥을 굶지는 않았지만 금전적인 여유가 있었던 적은 한 번도 없었다. 간식거리가 없어서 늘 출출했다. 20리 길을 걸어서 익지도 않은 퍼런 감을 주우러 다녔다. 딱딱하던 감은 그대로 놓아두면 말랑말랑해진다. 익는다기보다는 삭으면서 떫은맛만 없어지면 먹었는데 아무 맛도 없었다. 그냥 입에 뭔가가 들어간다는 게 좋았다. 결혼을 한 후 내가 30만 원짜리 전세에 살 때 큰아버지께서 사촌에게 큰 집을 사주셨다. 그때는 할아버지 산소에 가서 '다 같은 할아버지 손자인데 내가 너무 힘이 든다' 고 하소연하기도 했다.

나는 몸이 약했다. 특별한 병이 있는 것도 아닌데 밥을 많이 먹지 못하고 마른 장작처럼 말라 있었다. 어릴 때 별명이 지릇대기(대마 껍질 벗긴 힘없는 하얀 속)였다. 지금도 마른 편인데 그때에 비하면 '사람이 됐다.' 농잠전문학교 4학년 때 친구들이랑 낙산해수욕장에 가서 사진을 찍었는데 나중에 인화된 걸 보고 찢어버렸다. 너무 말라서 창피하고 싫었다. 그때 키가 179cm였는데 몸무게는 40kg을 왔다 갔다 했다. 키와 몸무게의 비율로 치자면 패션모델보다 더 날씬한 셈이었다. 어른들은 '저 아이가 정상적으로 살아갈 수 있을까.' 걱정을 했다고 한다. 그럼에도 불구하고 일은 일대로 다했다. 시골에서는 고양이 손이라도 빌린다는 농번기가 오면 애고 어른이고 할 것 없이 모두 일을 해야 한다. 그러지 않으면 시기를 놓치게 되니까 어쩔 수가 없다.

요즘 같으면 절대로 있을 수 없는 일인데 나는 초등학교를 뒷구멍으로 들어갔다. 그렇다고 불법을 했다는 건 아니고 몸이 약해서 제때 입학을 하지 못했고 그래서 정식으로 입학을 하지 않고 들어갔다는 말이다. 큰집에 세 살 많은 사촌형이 있었는데 늘 붙어 다니며 같이 놀았다. 큰집에서 놀다가, 혹은 우리 집에서 놀다가 그 집에서 같이 자는 날도 많았다. 말이 사촌이지 친형제처럼 지냈는데, 어느 날 이 형이 학교라는 데를 가버렸다. 나중에서야 형이 제 나이보다 학교를 늦게 간 줄 알게 되었다. 졸지에 동무를 잃어버린 나는 동무를 찾아 학교에 갔다. 그러니까 학교에 놀러 간 것이다. 매일 아침에 형이랑 학교에 가서 형 옆에 앉아 있었다. 그 때는 책상도 없고 그냥 마룻바닥에 앉아서 수업을 듣던 시절이다. 출석을 부르지도 않았다. 1학기 말쯤이었던 것 같은데, 하루는 담임선생님께서 '완철이는 그냥 학교 다녀라.' 라고 말씀하셨다. 2학기 때는 책을 받으면서 정식으로 학생이 되었다.

지금도 시골 아이들은 순진한 구석이 있다. 1960년대의 시골이니 오죽했을까. 나는 그 중에서도 순진한 편에 속했다. 고학년이 되면 6교시까지 수업이 있는 날이 있는데, 그 날은 도시락을 싸가야 한다. 내가 도시락을 안 들고 가니까 어머니께서 물으셨다.

"니 왜 도시락 안 싸 가나?"

"견딜 만해. 빨리 와서 먹으면 되지."

어머니는 내가 밥을 적게 먹고 그러니까 늦게 먹어도 되나 보다 하셨던지 더 묻지 않으셨다. 내가 한 번에 많이 먹지는 못해도 그 나이에 왜 배가 고프지 않을까. 먹어도 먹어도 돌아서면 배고픈 나이가 그때다. 사실은 형편 때문에 도시락을 싸오지 못하는 친구들 때문이었다. 시골인데도 도시락을 싸오지 못하는 애들이 더러 있었다. 점심을 못 먹는 애들 앞에서 밥을 먹기가 좀 그랬다. 나뿐 아니라 다른 친구들도 그랬던지 형편이 되는데도 함께 굶는 애들이 많았다. 그러고는 점심때가 되면 배가 고파서 수돗가에 줄 서서 물을 먹고 봄에는 아카시아 꽃을 따먹으러 '중공군'(사람이 새까맣게 많은 걸 이렇게 표현했었다.) 처럼 학교 뒷산으로 기어 올라갔다. 지금 생각하면 참 어수룩한 게 그냥 도시락을 하나 더 싸 가면 되는데, 그 생각은 못했다.

4학년 때쯤이었던 것으로 기억된다. 그날 점심때도 어김없이 배가 고팠다. 조금만 더 배가 고프면 교과서도 씹어 먹을 수 있을 아이들 눈에 고구마 밭이 들어왔다. 우리는 숙련된 솜씨로 고구마 서리를 했다. 씻지도 않고 대충 흙을 털고 껍질은 입으로 깎았다. 모래가 버걱버걱

씹혀도 참 달고 맛있었다. 시장기를 달랠 정도로 먹고 다들 한두 개씩은 챙겨서 각자의 교실로 돌아갔다. 수업 시간에 짝지에게 고구마를 하나 주고 은밀하게 먹고 있는데 느닷없이 내 이름이 들렸다.

"선생님, 박완철이가 고구마 묵습니더."

자기에게도 고구마를 주지 않는 것을 괘씸하게 여긴 친구가 고발을 한 것이다. 선생님은 화를 내지 않으셨다.

"너희는 남의 고구마를 캐는 큰 죄를 지었으니 모든 선생님들께 가서 도장을 받아와라. 단 도장 다 받을 때까지 고구마를 물고 다녀야 한다."

도장을 받을 종이에는 우리의 죄상이 낱낱이 적혀 있었다. 내 평생 그렇게 많은 사람을, 그렇게 크게 웃긴 적이 없다. 어느 교실이든 우리를 보기만 하면 배꼽을 잡고 쓰러졌다. 손에 들고 다니다가 도장을 받을 때만 물면 그나마 나았을 텐데 순진한 우리는 한 번도 고구마를 입에서 놓지 않았다. 운 좋게도 교무실에서 한 여선생님을 만나서 한 번에 해결이 되었다. 선생님은 다른 선생님을 포함해 교장선생님의 사인까지 '위조' 해 주셨다.

학교를 한바탕 웃음도가니로 몰고 간 아이디어를 낸 선생님은 지금은 작고하셨다. 나를 많이 아껴주셨는데 소풍 때의 속 깊은 말씀은 아직도 잊지 못한다. 소풍날 아침이 되면 어머니께서 선생님 갖다 드리라면서 찐 고구마 몇 개와 계란을 들려주셨다. 선생님은 고구마를 드시면서 감탄을 하셨다.

"이야, 완철아. 뭔 고구마가 이렇게 맛있냐. 어머니께 정말 잘 먹었다고 전해드려라."

고백하건대, 우리 시골에서 나는 고구마는 맛이 없다. 토질 때문에 흔히 우리가 '물고구마' 라고 부르는 게 대부분이다. 맛있는 고구마는 밤처럼 파삭한데 물고구마는 물렁물렁하고 단맛도 적다. 교편을 잡고 있으면 어느 정도 생활수준이 되는데 맛없기로 공인된 물고구마가 뭐가 그리 맛있었을까.

지금은 옛날 건물들은 다 없어졌다. 가끔 고향에 가면 고구마를 비롯한 즐거운 기억들이 떠오른다. 그리고 고무신을 아끼겠다고 2km가 넘는 등굣길을 맨발로 걸어 다니던 생각도 난다. 그때는 참 힘들었는데, 그게 사는 데 도움이 많이 되었다. 힘든 일을 참는 법을 배웠고 어지간해서는 힘든 줄도 모르고 일했다. 좋은 경험도 없고, 나쁜 경험도 없다. 어떻게 받아들이느냐에 따라 약이 되기도 하고 독이 되기도 한다. 어릴 때는 시골에서 태어난 것이 참 싫었는데, 지금은 시골에서 나고 자란 것이 참 행운이라는 생각이 든다.

## 엄마를 지키기 위해 가출하지 않았다

〈워낭소리〉라는 다큐멘터리 영화가 뜻밖에 흥행한 적이 있다. 시골에서 자란 사람들은 그 영화를 보면서 옛날 생각 많이 했을 것 같다. 아마도 옛날이 그리워서 영화관을 찾았을 것이다. 나도 그랬다. 다른 시골집처럼 우리 집에도 소가 있었고 역시 다른 집들처럼 초등학교 고학년이 되면서 소죽은 내 담당이 되었다. 그 소는 지금도 내 이마에 남아있는 흉터가 생기던 날, 현장에 있었던 유일한 목격자다. 초등학교 2,3학년 때쯤, 소를 몰고 오다가 어디 말뚝에 걸렸는지 제대로 넘어졌다. 애들이 넘어지는 거야 다반사니 툴툴 털고 일어서는데 얼굴로 뜨끈한 것이 흘러내렸다. 아버지가 멀리서 보고 뛰어오셨는데, 우리 집 순한 암소는 그 모양을 물끄러미 바라보고 있었다.

우리 동네는 평야가 많은 대신 산이 적어서 땔감으로 쓸 나무를 구하기가 어려웠다. 그래서 겨울에는 볏짚을, 여름에는 보리 짚을 땔감으로 썼다. 거둬들인 지 얼마 안 되는 볏짚은 불도 잘 붙고 화력도 좋다. 나를 괴롭게 하는 것은 1년 동안 지붕에 있었던 짚이다. 초가집의 지붕은 매년 갈아줘야 하는데 이 때 내린 낡은 짚은 화력은 약하면서 연기만 많이 난다. 눈물을 흘려가면서 소죽을 끓이면 소는 또 그 모양을 물끄러미 바라보고 있었다. 그때는 밥 빨리 안 주냐고 재촉하는 것 같다. 한 번은 소죽 끓이기가 귀찮고 힘들어서 불붙이는 시늉만 하고 물이 따뜻해지기도 전에 짚을 넣어서 여물을 만들어줬다. 입맛이 까다로운 우리 소는 먹지 않았고 나는 아버지께 혼이 났다. 내가 혼나는 모습을 보았을 것이다.

겨울에는 연기가 많이 나도 그나마 불 앞이라 좀 견딜 만하다. 그런데 여름에는 이게 아주 못할 짓이다. 가만히 있어도 숨이 턱턱 막히는 날씨에 소죽을 끓이면 눈물은 눈물대로 나고 땀은 땀대로 줄줄 흘러내렸다. 그래서 여름에는 나만의 복장을 갖추고 소죽을 끓였다. 옷을 훌훌 벗고 팬티 바람으로 불을 때는 것이다. 중학교 2학년 여름이었는데, 그날도 어김없이 팬티 바람이었다. 공부에 조금 흥미도 있었다. 나는 촌음의 시간이라도 아낄 요량으로 불을 때면서 영어 단어를 외웠다. 그렇게 공부 삼매경에 빠져 있는데 앞집 할머니가 고함을 치시면서 오셨다. 순간적으로 고도의 집중력을 발휘했던지 바로 뒤에서 불이 나고 있는 걸 모르고 있었다. 더워서 붉어져 있던 얼굴이 한 번 더 달아올랐다. 불을 내서가 아니고 할머니 뒤에 같은 학년의 여학생이 서 있었기 때문이다.

정확히 얼마나 됐는지 모르는데 그 소는 우리 집에 오랫동안 있었다. 여름에는 친구들이 각자 집에서 데려온 소를 몰고 풀이 많은 곳에 가서 놀기도 했다. 소들은 거기서 먹고 자면서 우리를 물끄러미 바라보곤 했다. 중학교를 졸업하기 전이었다. 아버지가 소를 팔아야겠다고 하셨다. 늙어서 힘이 없다는 것이다. 늙은 소가 팔려가는 곳은 한군데밖에 없다. 도축장이다. 지금은 비육우라고 해서 나이가 어린 소를 식용으로 쓰는데 그때는 일을 못할 때가 되어야 식용으로 썼다. 중학교 가는 길에 도축장이 있었다. 소가 도축장으로 끌려가지 않으려고 버티고 울고 하는 걸 많이 보았다. 우리 소도 팔면 거기 갈 텐데….

"아버지, 소 안 팔면 안 됩니꺼?"

"이거 팔아야 힘 있는 소로 바꾸고 하지. 팔아야 한다."

거짓말이라고 할지 몰라도 팔려가던 날, 소가 흘리는 눈물을 보았다.

중학생이 되었을 때도 여전히 몸이 약하고 작았다. 60명 중에 늘 10번 안쪽이었다.(지금은 키가 큰 편인데 농잠전문학교 2,3학년 때 한 해 30cm씩 자란 덕분이다.) 1학년 때는 다리가 안 닿아서 못 타다가 2학년 때부터 자전거를 타고 등하교를 했다. 학교까지는 약 8km, 겨울에는 온몸이 얼고 그중 손은 거의 냉동상태가 되었다. 교실에 가면 얼었던 손이 녹으면서 아주 괴로웠다. 겨울에는 교실에 가서 한 번도 울지 않은 적이 없다. 1교시 내내 울면서 수업을 받는 애들이 많았고 나도 예외는 아니었다.

몸이 약하고 마음도 여렸지만 중학생이 되면서 장정 반 정도의 일꾼은 되었다. 집에서는 본격적으로 '일꾼 대접' 을 해주면서 학교에 가지 않는 날을 챙기셨다. 그날에 맞춰 일거리를 만들기 위해서다. 예를 들면 '밭에 밑거름 하는 건 완철이 학교 안 가는 일요일에 해야겠다.' 라는 식이었다. 시기를 딱 맞추기 않아도 되는 건 이렇게 하지만 모심기나 추수를 할 때는 일거리를 만들고 안 만들고가 없다. 때를 맞춰 일을 해야 하고 며칠 동안 집중적으로 일손이 필요하다. 그런 날, 아버지는 학교에 가지 말라고 하셨다. 일손이 부족한 데다 나를 농사꾼으로 키울 생각이셨으니 어떻게 보면 당연한 것이다. 그래도 나는 너무 싫었고 공부를 해야 한다고 생각했다.

어떤 날은 어머니께서 용단을 내리기도 하셨다. 학교에 가지 못하게 된 날 아침, 슬그머니 오셔서는 '자전거 동구나무에 갖다 놔라.' 고 하셨다. 마을에 있는 수백 년 된 왕버들나무를 동구나무라고 불렀다. 그럴 때는 이미 내 책가방은 대문에서 가까운 사랑방에 있었다. 내가 가지고 가면 들키니까 어머니께서 몰래 갖다놓으신 것이다. 그렇게 첩보전을 하는 것처럼 해서 학교에 가기도 했다. 그래도 학교에 갔다 오면 화를 내거나 하지는 않으셨다. 있으면 있는 대로 굴러가고 없으면 없는 대로 굴러가는 게 농사일이다. 아침에는 없으면 안 되는 일꾼이었지만 내가 학교에서 돌아오는 저녁에는 어쨌든 일이 끝난 상태였다. 물론 이 첩보전이 항상 성공한 것은 아니었다. 때로는 잡혀서 일을 하기도 했다.

중학생이 되면서 도회지로 도망가고 싶은 때도 있었다. 공부도 하기 싫고 농사짓기도 싫고 해서 서울로 도망가는 친구들이 더러 있었다. 나도 농사일하기가 싫고 무엇보다 아버지와의 갈등이 심했다. 술을 좋아하시는 데다 가끔 실수까지 하셔서 어머니가 고통 속에서 사셨다. 하루는 학교에 가다가 서울로 도망쳤다가 잠시 다니러 온 친구를 만났다.

"서울서 뭐하냐?"

"중국집에 있다."

중국집이다. 자장면을 실컷 먹을 수 있는 중국집. 자장면은 우리의 영원한 로망이었다. 마음이 심하게 흔들렸다.

"편하냐?"

"공부 안 하니까 좋다. 너도 갈래?"

그때 '오냐, 좋다. 가자.' 라고 했으면 인생이 또 어떻게 달라졌을지 모르겠다. 속으로는 갈등이 있으면서도 말은 벌써 나오고 있었다.

"나는 안 갈란다. 너 혼자 가라."

시골에 농사가 많으면 제일 힘든 사람이 여자다. 남자들은 그래도 집에 오면 쉴 수 있지만 여자들은 집에 와서 또 일을 해야 한다. 그러고서도 큰소리 한 번 치지 못하고 살았다. 어머니의 손은 항상 부어터

져 있었다. 도망가고 싶었지만 어머니가 불쌍해서 마음을 접었다. 내가 어머니를 지켜줘야 한다고 생각했다. 내가 조금 더 일을 하면 어머니가 그만큼 편할 거라고 생각했다.

내가 경제적으로 안정되고 난 후에도 서울에 오시면 아침 차로 오셔서 점심 드시고 내려가야겠다고 하셨다. 왜 그러시냐고 짜증을 내도 끝내 당일로 내려가셨다. 지금은 연세가 많다보니 치매 증세가 있으시고, 내 마음은 서글프고 아프다.

## 좌절의 시작, 상주농잠전문학교

중학교 3학년 때 내 인생을 결정적으로 바꿔놓는 일이 일어났다. 상주농잠고등학교가 5년제로 바뀐 것이다. 농잠학교에는 농업과, 축산과, 그리고 누에를 기르는 잠업과가 있었다. 이 학교가 고등학교 과정 3년에 전문대 과정 2년을 포함시켜 상주농잠고등전문학교가 되었다. 그러자 학교의 인기가 폭발적으로 올라갔다. 인근에 있는 인문계 고등학교보다 더 높은, 무려 3:1의 경쟁률을 뚫어야 했다.

'이 학교를 나오면 공무원(당시 시골에서 최고의 직업으로 꼽히던)이 될 수도 있고 농협에 갈 수도 있다. 만약 4년제로 진학을 하게 된다

• 합천 축산분뇨처리장 방류구

면 그 중 2년을 집에서 다니게 되니 얼마나 좋은가. 객지에 나가서 학교 다니려면 그게 다 돈인데.'

어른들이 보기에는 이만한 학교가 없었다. 담임선생님도 이런 말로 우리를 설득시키셨다. 그래서 똑똑한 친구들이 농잠학교로 많이 갔다. 아버지도 다른 어른들과 생각이 비슷하셨다. 내가 장남이니까 면서기를 하면 좋겠다고 하셨다. 출퇴근 하면서 농사도 짓고 하는 것이 아버지가 바라는 아들의 미래였다. 미처 내 진로를 스스로 생각해보기도 전에 '그렇게 좋을 수 없다.'는 어른들의 말에 따라 나도 농잠학교로 갔다. 요즘 애들은 똑똑하지만 우리는 정보가 없었다. 5년제 학교로 바뀌고서는 우리가 1회 입학생이니까 학교가 어떤지 알 방법이 없기도 했다. 그저 어른들이 좋다고 하니까 좋은 줄 알았다.

시간표를 받고 나서야 뭔가 잘못됐다는 걸 알았다. 이건 학교의 시간표가 아니었다. 6교시 수업 중 오전 4시간은 '실습'이었다. 말이 실습이지 집에서 하던 일을 학교에서도 똑같이 하는 거였다. 개인별로 호미, 낫, 괭이, 삽 등 농기구가 지급되었고 이름도 붙어 있었다. 일을 끝내고 나면 연장들을 씻어 농기구실에 보관하는데 흙이 묻어 있으면 기압을 받았다. 얼마나 착실하게 가르쳐 주는지 방학 때는 보충수업도 있었다. 논에 김매기를 해야 할 철이 방학이니까 그때 2주 동안 불러서 김을 어떻게 매는지 '친절하게' 알려 주었다. 하나를 알려주면 열을 깨치는 학생들은 수업 내용을 듣지 않고, 거기다가 한 쪽 눈을 감고도 '우수한 성적' 으로 김을 맸다.

실습 4시간 이외에 나머지 수업은 농사 이론이었다. 국어, 영어, 수학은 일주일에 한두 시간밖에 없었다. 영어와 국어선생님께서는 촌놈들 어렵게 공부한다고 애착을 가지고 노력을 많이 하셨지만 일부 선생님들은 수업 시간을 적당히 보내시다 가시곤 했다. 농사지을 놈들이 국영수는 해서 뭐하냐는 생각이었던 것 같다. 우리들도 국영수를 해야 하는 목표가 없으니 재미가 없기는 마찬가지였다.

우리는 절망했다. 집에서도 하기 싫은 일을 학교에서도 해야 하는 게 싫었고 안 가르쳐줘도 다 잘하는 걸 가르쳐준답시고 일을 시키는 게 싫었다. 우리는 모이기만 하면 인생을 한탄했다. 그것은 좌절의 시작일 뿐이었다는 걸 그때는 알지 못했다.

1학년 여름방학이었다. 그날도 학교실습으로 뜨거운 무논에 들어가 김을 맸다. 집에 가는 길에 '아이스깨끼' 나 하나씩 먹자고 빵집엘 갔는데 서울로 유학 간 중학교 동기 몇이 앉아 있었다. 중학교 때 최상위권의 성적을 유지하던 친구들이었다. 그때는 동일계라고 해서 경기고등학교는 경기중학교 졸업생으로 대부분의 정원을 채우고 한두 반 정도만 시험을 봐서 뽑았다. 전국의 똑똑한 아이들이 경기고나 서울고 같은 명문 고등학교에 가려고 애를 썼다. 그 친구들은 그 엄청난 경쟁률을 뚫고 합격한 애들이었다. 방학이니까 평상복을 입어도 되는데, 자랑스럽게 교복을 입고 모여 있었다. 개인의 자랑이자 가문의 자랑이니까 이해 못 할 일도 아니다.

서로 반갑게 인사를 하긴 했는데 기분이 말이 아니었다. 누구는 서울에서 공부를 하고 있는데 나는 방학 때도 불려 나와서 농사나 짓고 있으니 그 박탈감은 이루 말할 수가 없었다. 그날 친구들이 입었던 교복이 아직도 생생하게 기억난다. 그만큼 그 날의 일은 충격 그 자체였다.

화가 나니까 용기가 났다. 아버지께 고등학교를 다시 들어가야겠다고 말했다.

"중학교 때 실력 다 까먹고 자꾸 돌대가리가 돼가는 것 같습니다. 고등학교를 다시 들어가는 게…."

"택도 없는 소리!"

아버지는 더 말할 여지를 주지 않으셨다. 어쩔 수 없이 또 꾸역꾸역 다니다가 겨울방학 때 또 한 번 말씀을 드렸다. 아들이 두 번이나 '건의'를 하면 좀 신중하게 생각해보시기라도 하면 좋으련만 이번에도 단칼에 자르셨다.

"택도 없는 소리! 1년 동안 등록금 내고 배운 거는 어쩌고."

밥 먹기 싫은 아이가 억지로 밥을 먹듯 5년 동안 꾸역꾸역 학교를 다

냈다. 좌절의 시기였고 절망의 시기였고 앞이 보이지 않는 시기였다. 아버지는 여전히 인심 좋은 부자였고 어머니와 우리 남매들은 여전히 가난했다. 그렇다고 내일 죽을 사람처럼 하고 다니지는 않았다. 피가 끓는 젊음이었기에 더욱 절망했지만, 또 젊었기 때문에 인내할 수 있었다. 때로는 즐거운 일도 있었다.

초등학교만 졸업하고 농사를 짓는 친구가 있었는데 이 친구를 따라 미꾸라지를 잡으러 가곤 했었다. 친구는 미꾸라지로 돈을 버는 프로였고 나는 재미삼아 따라간 아마추어였다. 우리 시골에는 미꾸라지가 많았고 아마추어인 내가 많을 때는 한 양동이씩 잡았다. 잡은 미꾸라지는 읍내에 있는 수집상에게 팔았다. 한 3년 정도는 미꾸라지를 팔아서 내 등록금을 댔다.

때로는 농사짓는 친구들하고 민물붕어를 잡아 회로 먹었다. 지금까지 내가 먹어본 생선회 중에 붕어만 한 게 없다. 붕어회는 굉장히 고소하다. 그 고소함이 얼마나 위험한 것인지는 몰랐다. 붕어회를 많이 먹은 친구 하나는 늘 눈이 노랬다. '너는 눈이 왜 그러냐?' 고 했었는데 간디스토마에 의한 황달 증상이었다. 나는 별다른 증상은 없었는데 그 친구는 유독 심했다. 그게 뭔지도 모르고 그냥 살았다. 같이 붕어회를 먹었던 친구들 몇몇은 젊은 나이에 세상을 등졌다. 그때는 즐거웠지만 지나고 나니 끔찍한 경험이었던 것이다. 나는 신체검사를 받으면서 간에 문제가 있다는 걸 알았다. 처음에는 현역2급을 받았는데, 입대를 했다가 귀향 조치되었다. 군대 갈 때 몸무게가 43kg이었는데 혈압과 간 수치가 높고 전반적으로 몸이 좋지 않았다. 어머니께서 민간요법으로 약을 지어주고 하셔서 이후에 점차 회복이 되었다. 요즘은 우리 키스트에 계신 분이 간디스토마약을 개발해서 지금은 한 알이면 된다.

까까머리 친구들이 벌써 환갑을 바라보고 있다. 언젠가 빵집에서 교복을 입고 있던 친구 중 명문대를 나온 하나가 내가 키스트에 있다는 걸 알고 놀랐다는 말을 전해 들었다. 아이러니하게도 당시 명문을 나온 친구들은 몇 사람을 빼고는 다 헤매고 있고 농잠학교를 나온 애들은 80% 이상이 아직도 건재하다. 원인이야 헤아릴 수 없을 만큼 많겠지만 5년 동안의 지독한 인내가 사는 데 도움을 주지 않았을까 생각한다.

농잠학교 5년 동안 늘 반에서 1, 2등을 했다. 기억력이 좋은 편이라 벼락치기로 해도 성적이 나왔다. 다른 친구들이 컨닝을 할 때 나는 '자력갱생' 한다고 실력으로만 시험을 봤는데 그걸 기억하는 친구들이 많다. 중요한 것은 그 1,2등이 아무 의미도 없다는 것이다. 실력으로 따지면 도시 학교의 하위권밖에 안 됐다. 어쨌든 시험점수는 잘 나오고 봐야 한다는 생각 때문에 공부를 하긴 했지만 1등을 해도 기쁘지 않았다.

## 파무콘, 아! 파무콘

5년 내내 집에서도 하기 싫은 일을 하고 '돌대가리' 된 것은 '농잠학교의 저주' 의 예고편에 불과하다. 본격적인 저주는 아직 시작도 되지 않았다.

어른들은 농잠학교를 가면 대학 2년 과정을 버는 거라고 했다. 틀린 말은 아니다. 다만 농대로 편입할 경우에만 그랬다. 농대로 편입하면 1학년 혹은 2학년까지의 학력을 인정해주었지만 다른 학과로 갈 때는 전혀 인정이 되지 않았다. 배운 게 전혀 다르니까 여기까지는 좀 억울하지만 납득할 수 있다.

내가 원하는 학과에 편입이 안 되면 예비고사를 봐서 1학년부터 다시 시작할 각오도 되어 있었다. 전문학교를 졸업할 무렵, 문교부(교육부의 옛 이름이다.)에 편지를 해서 물어보니 고등전문학교는 고등학교가 아니므로 2년은 더 배웠지만 예비고사를 볼 자격이 없다는 답변이 왔다. 달리 말하면 고등학교 졸업 자체를 인정하지 않는다는 것이었다. 다른 학과에 가려면 고등학교를 다시 가든지 아니면 검정고시를 통과해야 했다.

5년 동안 다니고 원하는 학과에 편입을 못하는 것도 억울한데 중학교 졸업밖에 인정받지 못한다는 건 어떻게 받아들여야 할지 몰랐다.

어릴 때부터 농사일이라면 지긋지긋하게 했는데 대학에 가서까지 농학을 배우고 싶지는 않았다.

'무슨 놈의 세상이 이런가.'

진퇴양난, 나는 또 다시 좌절했다. 아버지는 여전히 내가 '농사일을 거들어 주는 공무원'이 되기를 바라셨다. 공무원 시험이 힘들어도 지금처럼 어렵지 않았다. 공부만 하면 충분히 될 가능성이 높았고 될 수 있다는 자신감도 있었다. 아버지가 하도 성화라서 공부를 하는 척은 했는데 공무원이 되고 싶지는 않았다. 그래서 시험을 보지 않았고 덕분에 아버지께 욕을 실컷 먹었다. 자전거 타고 면사무소 다니고 그런 것보다는 차라리 농사를 짓는 게 나을 것 같았다.

"공직은 안 맞는 것 같고 농사나 좀 짓겠습니다."

아버지는 정신 나간 짓한다고 화를 내셨다. 농사일이 지겨워서 농대가 싫다는 사람이 농사를 짓겠다는 생각을 한다는 게 이상하게 여겨질 수도 있다.

비록 시골에 있었지만 꿈은 컸다. 누구나 인정하는 좋은 대학에 가서 출세를 하든지 아니면 전문적인 농사꾼이 되어서 '아, 그 양반 농사로 크게 성공했다.'는 말을 듣고 싶었다.

졸업 후 나는 이러지도 못하고 저러지도 못하는 청춘이 되고 말았다. 대학에 가자니 어이없는 제도가 가로막고 있고 농사를 짓자니 대학에 대한 미련이 남아 있었다. 대학에 가자면 검정고시를 봐야 하는데 그러자니 5년 세월이 너무 억울했다. 전문농사꾼이 되기 위해 온몸을 던지지도 못했다. 농가 소득을 확 올릴 수 있는 방법이 없을까 하는 고민도 했고 특용작물에 관심이 있어서 미국에서 소득이 높다는 '컨프리' 라는 작물을 재배해보기도 했다. 잎으로 차를 만드는 것인데 참 잘 자랐다. 작물은 성공적으로 키웠는데 판로가 없었다. 그해 우리 집 소가 호강을 했다.

1년 동안 농사를 짓고 나니 머리가 폭발할 지경이었다. 농사가 끝난 뒤에 주월산에 있는 혜국사로 이불을 싸들고 갔다. 머리를 식힌다고 하면 욕을 먹으니까 요양도 하고 책도 좀 보겠다고 말씀드렸다. 내가 세 달 동안 있었던 곳은 본체에서 산길로 십여 분 걸어 올라가야 있는 암자였다.

아침에는 계곡의 얼음을 깨서 산신각에 올릴 정화수를 떠놓고 그 물에 냉수마찰도 했다. 때로는 밤에 자려고 누워 있으면 뭔가가 문을 두드렸다. 한밤중의 산속에 사람이 올 리는 없고 사람이라면 말은 하지 않고 문만 두드렸을 리 없다. 아침에 나가보면 큰 짐승의 발자국이 있었다. 혜국사는 해발 800m의 깊은 산중에 있었으니 짐승들도 많았을 것이다.

그 산중에서 혼자 자도 무섭지 않았다. 거기서 쉬엄쉬엄 공부도 하고 장작도 패고 하면서 정신적으로 많이 안정이 되었던 것 같다. 머릿속이 맑아진다는 느낌이 들었다. 나중에 대학에 가서도 방학 때마다 혜국사에서 지냈다. 봄에는 특히 독사가 많이 보였는데, 독사를 바로 옆에 두고 계곡에서 목욕을 하기도 했다. 내가 산신령님한테 매일 정화수 떠다놓고 절도 하고 그러는데 나를 지켜줄 거라는 말도 안 되는 생각을 했다. 그냥 새벽이니 기온이 낮아서 뱀이 힘이 없었을 뿐이다.

몇 개월 쉰 후에 집으로 내려갔다. 봄이 되면 다시 농사를 지어야 하기 때문이다. 그리고 그 해 봄, 내 인생 최대의 불운이자 최고의 행운이 찾아왔다.

그 무렵에 고통스러운 김매기에서 농민들을 해방시켜줄 제초제가 본격적으로 나오기 시작했다. 지금은 세상이 다시 바뀌어서 유기농을 찾고 있지만 그때는 똑같은 식물인데 벼는 놔두고 잡초만 죽이는 농약은 참 신기한 물건이었다. 막 모내기를 끝냈을 즈음이었다. 하루는 큰아버지께서 나를 찾아오셨다.

"올해부터 제초제를 한 번 써봐야겠는데 뭘 쓰면 좋겠냐?"

조카가 농업을 전문적으로 가르치는 학교에서 5년이나 배웠으니 당신보다는 낫겠다는 생각을 하셨던 것 같다. 새마을운동을 할 때라서 그랬는지 새벽부터 라디오를 크게 틀어놓곤 했는데 파무콘, 타크라는 제초제 광고가 많이 나왔다. 그때 왜 그걸 선택했는지 모르겠다.

"선전도 하고 그러는데 파무콘이 좋지 않겠습니까."

우리 집이 중농이었다면 큰아버지는 대농이었다. 할아버지께 유산은 비슷하게 받았는데 아버지는 제자리걸음이었고 큰아버지는 알뜰살뜰 하게 하셔서 물려받은 땅을 몇 배로 넓히셨다. 우리 집은 나중에 어머니께서 노력해서 몇 마지기 늘린 것이 전부다. 시골에서는 땅이 많은 사람이 영향력이 있다. 그리고 우리 마을은 밀양 박 씨 집성촌이다. 큰아버지가 이렇게 한다고 하시면 다른 어른들도 다 그렇게 하셨다. 내가 파무콘을 추천하고 큰아버지가 파무콘을 쓰고 다른 어른들도 다 파무콘을 뿌렸다. 농약을 친 다음 날, 큰아버지가 또 찾아오셨다.

"완철아, 벼가 이상하다. 같이 가보자."

논에서는 참극이 벌어지고 있었다. 논에 있는 생명체라는 생명체는 모두 죽어 있었다. 뱀, 개구리, 미꾸라지, 붕어가 허옇게 배를 뒤집고 있었고 벼는 끝이 발갛게 타고 있었다. 몇 만 평의 들판이 벌겋게 탔고 내 마음도 벌겋게 탔다.

'어떻게 이런 걸 좋다고 선전까지 해가면서 농민들에게 피해를 줄 수 있는가.'

농약회사에 편지를 썼더니 어이없는 답이 돌아왔다. 농약을 많이 쓴 게 아니냐는 거였다. 그럴 리가 없다. 아까운 농약을 적게 넣었으면 넣었지 많이 넣었을 리 없다. 지금 같으면 당장 방송국에서 카메라가 오고 해당 농약회사는 문을 닫았겠지만 속만 끓일 뿐 방법을 찾지 못했다. 아마도 전국적으로 피해가 있었을 텐데, 다 우리처럼 속으로만 앓고 말았을 것이다.

일이 이렇게 되고 보니 낯을 들 수가 없었다. 잘못은 농약회사가 했지만 어쨌든 그걸 추천한 사람은 나였다. 다들 친척이고 하니 찾아와서 원망하는 일은 없었다. 그러나 말을 하지 않는다고 들리지 않을 원망이 아니다.

'배웠다는 놈이 그것도 하나 제대로 못해가지고….'

내 머릿속에서 이런 말이 끊임없이 들렸다. 걱정 때문에 밤새 한숨도 못자고 새벽에 논에 나가면 죽었던 생명들이 썩는 냄새가 진동을 했다. 행여 어른들과 마주칠까 도망치듯이 집으로 돌아오고 다시 다음날 새벽 벌겋게 충혈된 눈으로 논에 나가기를 반복했다. 벼는 여전했고 1년 농사를 망친 죄인은 또 집으로 숨어들었다. 어떻게 극복해야 하나 아무리 생각해도 방법이 없었다. 아버지는 '제대로 알고 말하지, 왜 그런 식으로 알려 줘 가지고.' 라며 짜증을 내셨다. 아버지 심정은 오죽하셨을까. 내가 그랬듯이 아버지도 어른들 볼 낯이 없었을 것이다. 어쩌면 내가 받아야 할 눈총을 아버지가 다 받고 다니셨는지도 모른다.

그 일이 있은 지 열흘쯤 지났을까. 어머니께서 나를 불러 앉히셨다.

"여기 있는 게 집안 어른들 보기도 민망스럽고, 일단 서울에 올라가서 공부를 해라. 공부를 하는 것이 성공하는 첩경이기도 할 거고. 서울로 가거라."

나도 그러겠다고 했다. 도저히 거기서는 견딜 수가 없었다. 아버지도 안 되겠다고 생각하셨는지 '니 마음대로 하라.' 고 하셨다. 그렇게 도망치듯이 서울로 갔다. 한 가지 위로 되었던 것은 나처럼 시골에서 절망해있던 친구가 동행했다는 것 정도다. 파무콘 사건이 터진 지 보름 만이었다. 서울에 가서도 벼 걱정이 떠나지 않았는데 천만 다행으로 얼마 뒤 살아났다고 했다. 그래도 그해 수확량은 예년에 비해 줄었을 것이다.

인생사 새옹지마라고 했다. 그 끔찍한 사건이 터지지 않았더라면 나는 농부가 되거나 농사를 짓는 공무원이 되었을지도 모른다. 그때는 무슨 놈의 인생이 이렇게 꼬이기만 하는가라고 생각했지만 그 덕분에 오늘의 내가 있고 나는 현재의 모습에 만족하고 있다.

## 학교만 다니는 대학생

급하게 서울로 오긴 했으나 무턱대고 온 것은 아니었다. 먼저 서울에 와 있던 윗동네 형이자 농잠학교 선배에게 연락을 넣어둔 상태였다. 우리는 상주중학을 졸업 후 1학년으로 입학하였지만 선배는 상주농잠고등학교 졸업 후 상주농잠고등전문학교 4학년에 입학하여 같은 상주농잠전문고등학교를 3년 먼저 졸업했다. 그 선배가 나의 정신적 멘토인 김종호 선배다. 사법시험을 준비하던 선배는 우리를 종로구 이화동의 한 법률연구원으로 데리고 갔다. 이름은 거창한데 실은 지금의 고시원도 비슷한 곳이다. 물론 그때는 더 열악했다. 주택을 개조한 것이었는데 한 방에서 예닐곱 명이 같이 잤다. 각자의 책상도 자는 방에 있었다. 잘 때는 의자를 책상 위로 올리고 책상 밑으로 머리를 넣고 잤다. 모두 잠들면 발 열두 족이 원을 그리고 있는 형태가 된다. 그곳에서 결혼할 때까지 살았다.

그때의 인연으로 지금까지 한 달에 몇 번은 김 선배를 만난다. 얼마 전에도 김 선배가 웃으면서 나를 놀렸다.

"어이, 박 박사. 그때 기억나나? 촌놈 둘이서 어디 피난 가는 것처럼 시커먼 이불 매고 말이야. 그걸 보자기에 싸가지고나 오지. 부끄러운 것도 없었나?"

부끄러운 일은 아닌데 가관이긴 했을 것 같다. 때가 덜 탄다는 이유 하나로 검정 이불에 책 몇 권을 넣어서 차를 탔다. 시커먼 촌놈 둘이 시커먼 이불을 매고 서울에 나타났으니 이목을 끌기에 충분했다. 그렇게 올라온 촌놈들을 선배는 잘 보살펴 주었다. 보살펴 줬다고 해서 선배가 우리에게 밥을 사주거나 한 것은 아니다. 우리보다 형편이 훨씬 어려웠고 그래서 훨씬 더 힘들게 공부를 했다. 선배를 생각할 때마다 '의지의 한국인' 이란 말이 떠오르는 것도 그 때문이다. 선배가 우리를 보살펴 준 것은 정신적인 면이었다. 그때는 선배도 어렸고 나이 차도 세살밖에 안 났지만 우리에 비하면 거의 어른이었다. 책도 많이 읽었고 생각도 깊었다. 어떨 때는 고시원 밖 계단에 앉아 셋이서 밤새워 이야기하기도 했다. 구체적으로 무슨 이야기를 했는지는 기억나지 않는다. 다만 그때 내 생각이 자란다는 느낌을 많이 받았다.

서울에 와서 제일 힘들었던 것이 배고픔이었다. 집에서는 출출한 적은 많았어도 식사시간에 밥을 배불리 먹지 못한 적은 없었다. 고시원 한 끼 식대가 20원인가 30원인가 그랬는데 밥을 더 달라고 할 수 없으니 만날 배가 고팠다. 반찬은 부실했고 5원을 더 주면 먹을 수 있는 '달걀 후라이' 도 돈이 없어서 먹지 못했다.

나는 '배가 고프다' 는 생각만 했는데, 선배는 달랐다. 배가 고픈 건 어쩔 수 없는 일이고 영양이 부족하면 몸이 상하고 몸이 상하면 공부를 못하니까 '어떻게 하면 같은 돈으로 건강하게 지낼 수 있을까?' 를 생각했다. 선배의 제안대로 우리는 매달 '월사금' 이 올라오면 제일 먼저 한 달치 식권을 끊고(식권이 없으면 굶어죽는다.) 종로6가에 가서 도가니탕을 먹었다. 월사금의 본래 뜻은 매달 내는 학비인데 우리는 학비를 포함해 집에서 부쳐주는 생활비를 월사금이라고 불렀다.

집 사정을 뻔히 아니까 월사금을 더 달라는 말은 하지 않았다. 그 말을 했더라면 어머니는 어떻게 해서든 더 보내주셨을 것이고, 나는 오랫동안 스스로를 원망했을 것이다.

어머니는 여전하신 아버지 대신 내게 줄 월사금을 만들기 위해 야채장수를 하셨다. 모래땅이 많아서 배추, 무가 잘 자랐다. 그걸 뽑아다가 리어카에 싣고 10km나 되는 읍내까지 가서 파셨다. 장에 난전을 펼쳐놓고 팔면 그나마 수월하기나 하셨을 텐데 어머니는 집집마다 다니면서 파셨다. 그래도 부자라고 소문 난 집인데 시장에서 야채를 팔고 있으면 사람들 입방아에 오르내릴까봐 걱정되셨던 것이다. 동생은 뒤에서 밀고 어머니는 앞에서 끌고, 집집마다 다니면서 '배추나 무가 필요하지 않으냐? 파는 필요하지 않으냐?' 고 묻고 다니셨을 걸 생각하면 지금도 마음이 아프다. 동생에게 얼마나 입단속을 시키셨는지, 동생은 한 마디도 하지 않았다. 시간이 지난 뒤에 사촌 형수에게 들은 이야기다. 좌절해서 아무렇게나 살아버리고 싶을 때, 일을 하면서 힘들 때 어머니를 생각하면서 다시 힘을 냈다.

그 시절을 생각하면 항상 도가니탕이 함께 떠오른다.

내 친구도 나와 비슷했던 것 같다. 이 친구는 나중에 미국으로 유학을 가서 우체국 공무원이 되었다. 거기서 교포와 결혼도 했다. 15년 동안 공무원 생활을 하다가 임대주택 사업을 해서 굉장한 재력가가 되었다. 몇 년 전에 둘째 아이가 미국에서 대학 졸업을 한다고 해서 학교에 들렀다가 이 친구를 만나러 갔다. 가니까 소를 한 마리(과장하는 게 아니라 진짜 통째로 한 마리)를 잡아놓았다.

"우리 원 없이 한번 먹어보자."

이틀 동안 있으면서 소의 모든 부위를 질리도록 먹었다.

그 시절의 일화가 하나 더 있다. 내 보기엔 다 비슷한데, 촌놈은 표가 나는 모양이다. 종로 2가에 있는 학원에서 고시원으로 걸어오는데 검정색 차가 내 옆에 섰다. 웬 아저씨가 '이거 공장에서 나온 건데 수출용' 이라며 티셔츠 열 벌을 천원에 '거저' 가져가라는 것이다. 천원이면 큰돈이긴 하지만 수출용이고 무려 열 벌이다. 나도 입고 동생들도 입고 어머니도 입으면 얼마나 좋을까. 그걸 시골로 보낼 생각을 하니까 벌써 기분이 좋아졌다. 마침 주머니에 돈도 있었다.

방에 와서 펼쳐보니 웬걸, 팔 길이가 맞는 게 하나도 없었다. 내가 생각해도 참 바보 같은 짓이었다. 화도 나고 부끄럽기도 하고 해서 당장

버렸다. 나중에 어머니께 그 일을 말씀드렸다. 어머니는 나무라거나 책망하지 않으셨다.

"반팔로라도 입게 버리지 말고 갖고 오지."

어머니께서는 매사 따뜻하게 안아주고 토닥여주셨다. 늘 기댈 수 있고 그래서 늘 지켜드려야 하는 어머니가 있었기에 엇나가지 않을 수 있었다.

서울에 올 때는 안 되는 줄 알면서도 법대에 가고 싶었다. 검사나 판사가 되면 제일 먼저 해결할 사건도 정해져 있었다. 멀쩡한 청년을 마을에서 도망치게 하고 순진한 농촌 사람들을 괴롭힌 농약회사를 정의의 심판대 위에 올리는 상상을 했다. 그렇게 해야 내 억울함이 풀릴 것 같았다. 그러나 이미 알고 있듯이 고등학교 과정을 다시 밟지 않는 한 법대에 가는 건 불가능했다. 그때 어수룩하고 느린 내 머리에서 약삭빠른 꾀가 떠올랐다. '아버지의 지인의 처남' 이 K대학의 학적과장이라는 말을 들었던 기억이 났다. 안 되는 줄 알면서도 혹시 원서라도 낼 수 있는 방법이 있을지도 모른다는 생각을 한 것이다. 내가 아버지께 부탁을 드리고 아버지는 지인에게, 그 분은 다시 처남에게, 처남은 또다시 다른 직원에게 나를 만나보라는 부탁을 했다. 내가 '이러이러한 이상한 법 때문에 안 된답니다.' 라고 했더니 그분도 '그런 법이 어디 있느냐.' 며 걱정하지 말라고 하셨다. 드디어 길이 열린 것이다. 나는 고시원에서 열심히 편입검정고시 시험을 준비했다. 시험만 되면 어릴 적부터의 꿈인 고등학교 역사 선생의 꿈을 접고 파무콘을 응징하고 말리라. 시험을 보기 3일 전, 그 분에게서 연락이 왔다.

"법대는 안 되겠다. 농업경제학과는 안 되겠나? 졸업하고 농협 다니면 안 되겠나?"

미안해하시면서 다른 길을 제안하셨다. 말도 안 되는 법이 버젓이 있다는 걸 확인하신 것이다. 하지만 내가 원하는 길이 아니었다. 당시 편입을 받아주는 학교가 건국대와 K대학 농대가 있었다. K대학은 2학년으로 편입할 수 있는 반면 건국대는 3학년으로 편입이 가능했다. 학비도 그렇고 객지에서 지내는 게 다 돈인데, 1년이라도 버는 게 좋겠다 해서 건국대 농대에 편입시험을 쳤고 합격을 했다.

내가 건국대 농학과에 편입을 한 게 1976년이다. 그때는 지금처럼 대학이 반드시 가야만 하는 곳이 아니었다. 지금은 열에 여덟은 대학에 가지만 그때는 열에 둘만 대학에 갔다. 친구들이 좋은 대학에 갔다는 소식을 들어도 내 마음에 대학에 대한 열망이 없으면 자괴감은 들지 않았을 것이다. 언젠가 내가 왜 그렇게 대학 혹은 공부에 대한 열망을 가지게 되었는지 생각해본 적이 있다. 물론 늘 공부를 해야 하고, 늘 '펜대를 굴리며 살아야 한다.' 고 말씀하셨던 어머니의 영향도 컸다. 그와 더불어 나도 모르게 '대학은 꼭 가야하는 곳' 이라는 생각을 심어준 분은 이웃마을에 살던 고모부였다.

아버지처럼 약주를 좋아하셔서 두 분이 자주 우리 집에서 술잔을 나누셨다. 그럴 때마다 고모부는 아직 어린 나에게 당부 또 당부를 하셨다.

"완철아! 재산 많은 것 부러워할 필요가 없다. 항상 배운 사람이 이기게 되어 있다. 재산은 순식간에 흘러가는 물거품이고 머릿속에 있는 거는 죽을 때가지 갖고 가는 거다."

내가 농잠학교에 갔을 때는 아버지께 역정을 내기도 하셨다.

"동생, 애를 왜 거기 보냈어. 애 바보 만들 것도 아니고."

그러고서 나를 보시고는 말했다.

"그렇지만 완철아. 너는 공부를 해야 한다. 무조건 대학은 나와야 한다."

고모부는 가난하셨다. 정확히 표현하면 고모부의 부모님이 가난하셨다. 공부를 잘해서 대구사범대학에 들어갔는데 등록금 마련을 하지 못해 학교를 그만두셔야 했다. 그 한이 남아서 나에게 그런 말씀을 하시는 것 같았다. 나보다 더 많이 '공부해야 한다.' 는 말을 들었을 고종사촌 형은 지금 치과의사가 되어 있다. 그때는 '오늘도 술을 드셨으니 그 말씀을 하시겠구나, 왜 저런 소리를 하시나.' 했다. 의도하지도 않았고 또 나도 당시에는 몰랐지만 고모부는 나의 정신적인 멘토였던 것이다. 알게 모르게 영향을 받았을 것이고 그게 나에게는 행운이다.

고모부 덕분에 하고 싶은 않은 학문이었는데도 대학을 가게 되었다. 농사를 짓더라도 대학을 나와서 짓자고 생각했다. 뭘 배우겠다는, 배워서 뭘 하겠다는 목표도 없이 그냥 졸업만 하자는 생각으로 대학교에 들어갔다. 그러니 대학생활이 재미있을 리 없었다. 딱히 새롭게 배울 내용도 없었다. 전공과목을 5년 동안 배웠다. 거기다 처절한 실습까지 했다. 석사 과정이라면 몰라도 학부에서 뭘 더 배우겠는가. 그냥 학교만 다니는 대학생이었다.

농잠학교 5년 동안 격렬하게 좌절을 했다면 대학생활은 좌절이 일상화되었던 시기였다. 그래도 한 가지 감사한 일이 있어서 한편으로는 따뜻한 시절이었다. 옷에 똥을 묻히고 와도 타박하지 않는 아내를 그 시절에 만났다.

## 아직 끝나지 않은 농잠학교의 옛 기억

건국대는 평균 B학점 이상인 학생들을 대상으로 다시 영어시험을 쳐서 장학금을 주었다. 편입하던 3학년 1학기에는 기회가 없었고 2학기 때부터는 졸업할 때까지 장학금을 받았다. 전공이야 다 아는 내용이었으니 쉬웠다. 영어는 편입시험에도 중요해서 학원을 다니면서 기초를 닦았고 편입을 하고 나서도 영어공부는 계속해야겠다는 생각이 있어서 종로 2가에 있는 학원에서 계속 배웠다.

그 학원에서 거실에 똥이 쏟아져도 담담한 사람, 옷에 똥을 묻혀 와도 잔소리를 하지 않는 사람, 남편이 똥 냄새와 함께 퇴근을 해도 반겨주는 사람을 만났다. 첫사랑이다.

너무 자연스럽게 친해져서 언제부터 사귀었다고 말하기가 어렵다. 특별한 고백을 한 적도 없는 것 같다. 연애에는 완전히 숙맥이었다. 뭘 어떻게 해야 하는지 몰랐다. 사실 농잠학교를 다닐 때 하마터면 첫사랑이 있을 뻔했다. 학교에서 우리 동네 가는 길에 있는 마을에 사촌여동생의 친구가 있었다. 서로 눈여겨보기는 하는데 진전이 없었다. 하루는 내가 자전거를 타고 가는데 그 친구가 냇가에서 빨래를 하다가 벌떡 일어섰다. 내가 지나가니까 반가운 마음에 일어선 건지 뭔가 말을 하고 싶었던 건지는 알 수 없다. 그런 걸 보면서도 나는 어떻게 해야 할지 몰라서 그냥 자전거를 타고 지나갔다. 그래놓고 그 친구가 잘 안 보일 때쯤에야 뒤를 돌아보곤 했다. 그런 일이 자주 있었다. 그러다가 드디어, 급격한 진전이 있었다. 내 책상 서랍에 편지가 와 있었다. 아마도 여동생이 사주를 받고 벌인 일일 것이다. 그래도 나보다 훨씬 용기가 있었다. 뭐 좋아한다, 어쩐다 말도 없이 그냥 일상적인 이야기들을 써놓았는데, 나는 답장을 하지 않았다. 이유는 딱 하나, 부끄러워서였다. 그런 나였으니 오죽했을까. 그 흔한 다방 한 번 간 적 없고 영화 한 번 본 적 없다. 오로지 길을 걷다가 힘들면 앉고 길이 지겨우면 공원에 가서 걷다가 다리가 아프면 벤치에 앉았다. 누가 연애할 때 어땠냐고 물어보면 걸어 다녔던 기억밖에 없다.

아내는 서울토박이다. 서울 사람은 다 부자인 줄 알았더니 어렵게 자랐다고 했다. 아내는 취향이 굉장히 독특한 사람이다. 내가 투박해서 매력적이었다고 한다. 투박하다는 게 요즘 말로 터프하다, 뭐 이런 게 아니다. 나는 대학을 다닐 때도 옷 한 벌 사 입은 적이 없고 신발 한 켤레 사 신은 적이 없다. 그냥 집에 가서 아버지가 신지 않는 신발을 끌고 왔다. 나보다 발이 크셨기 때문에 신고 왔다는 표현보다는 끌고 왔다고 하는 게 더 정확하다. 옷도 그런 식이었다. 내 투박한 매력의 백미는 구멍 난 '런닝'이었다. 고시원에서 빨래를 할 때는 돌에다가 문질러서 빨다보니 구멍이 자주 났다. 그걸 그냥 입고 다니니까 여름에는 와이셔츠 너머로 런닝의 구멍이 그대로 보였다. 그러거나 말거나 입고 다녔는데 그걸로 연애가 시작된 것이다.

우리는 한참 동안 서로 오해를 한 채로 연애를 했다. 나는 아내가 연하인 줄 알았고 아내는 내가 연상인 줄 알았다. 아내는 만학도였는데 나는 학년으로만 나이를 계산하고 아내는 내가 만학도인 줄 알았다.

아내는 '절대동안' 이었고 나는 '최강노안' 이었던 것도 오해의 원인이 되었다. 서로의 실제 나이를 알았을 때는 정이 너무 들어서 헤어질 수 없었다. 그렇게 정이 들 때까지 서로 나이를 몰랐다는 게 내가 생각해도 놀랍다.

나중에 집에 가서 결혼할 여자가 있는데 나이가 많다고 했더니 아버지께서 말씀하셨다.

"택도 없는 소리!"

아내도 일찍 돌아가신 아버님의 자리를 대신하던 오빠에게 촌놈에 농학과를 다니는 사람이 있는데 결혼을 하고 싶다고 말했다. 처남은 이렇게 말씀하셨다고 한다.

"택도 없는 소리!"

촌놈에 농학과에, 취직이나 하겠느냐는 것이 반대 이유였다. 나는 부모님께 순종은 했지만 고집도 좀 있다. 그러니 고집스럽게 30년 동안 한 분야를 팔 수 있었지 않겠는가. 아내도 착한 딸이었지만 자기 주관이 뚜렷했다. 우리는 학부를 졸업하던 해 12월에 결혼했다.

최초의 신혼 방은 고향 집에 차렸다. 어머니께서 도시 태생인 며느리가 시골 정서를 알아야 한다고 하신 까닭이다. 요즘 같으면 어림없는 이야기겠지만 때는 1978년이다. 아내는 세 달 동안 거기서 살았고 나는 서울과 집을 왔다 갔다 했다. 대학원에 진학하면서 조교가 되었

기 때문이다. 서울서 태어나 서울서 자란 아내는 시댁에서, 남편도 없이 아침마다 짚을 때서 밥을 했다. 늘 그 짓을 한 나도 불 조절이 어려운데 아내는 오죽했을까. 그래도 그것 가지고 불평한 일은 없다.

아내가 진짜 힘들어했던 것은 거칠고 부실한 음식과 목욕이었다. 가난했지만 서울이니까 가끔 고기도 먹고 했을 테고 목욕도 자주 했을 텐데 시골에서는 늘 풀만 먹고 목욕탕은 명절에나 간다. 도저히 안 되서 어른들의 눈총을 받아가며 일주일에 한 번은 읍내에 있는 목욕탕에 갔다. 시골 어른들에게 '일주일 1회 목욕'은 어이없는 일이지만 어쩔 수가 없었다. 그날은 영양보충을 위해서 혼자 삼겹살을 구워먹었다고 한다. 그래도 아내는 불평하는 대신 '남편이 이렇게 살아왔구나.' 하고 내가 살아온 세월을 이해해주었다.

무사히 시골체험을 마치고 장위동에 30만 원짜리 전세를 얻었는데 부엌의 바닥이 흙이었다. 그나마도 돈이 부족해서 시부모께서 '그래도 큰 며느리가 들어 왔는데.' 라며 해주신 반지를 몰래 팔아 전세금에 보탰다. 내 반지는 팔아도 돈이 안 되는 거였다. 그 무렵 같이 학교를 다녔던 사촌형 집에 갔는데 집이 참 좋았다. 그런데도 아내는 그 집이 좋다 나쁘다 한마디도 하지 않았다. 그래서 내 마음이 더 아팠다. 참 미안하고 고맙고 따뜻했다. 조교를 하면 대학원 학비가 면제되고 한 달에 7만 원의 월급도 나왔다. 대졸 초임이 12만 원이었으니까 딱 생활만 할 수 있을 정도였다. 경제적으로 상당히 힘들었던 시기다.

대학을 어리바리 다닌 것처럼 대학원 진학도 무슨 특별한 뜻이 있어서가 아니었다. 여전히 이걸 좀 해볼까, 저걸 하면 좀 나을까 하면서 방황하던 시기였다. 딱히 길을 정하진 못했지만 그래도 뭔가 밥벌이를 해야 한다는 고민을 했던 것 같다. 그래서 크게 하고 싶은 마음도 없으면서 농업직 기술고시에 응시했다. 다른 일 보다는 낫지 않겠나. 그런 생각으로 공부했는데 어떻게 1차에 합격이 되었다. 2차는 전공이니까 붙을 거라고 자신했다. 전체적인 점수는 좋은데 농업경제학이라는 과목에서 과락이 나왔다.

경제가 나오니까 골치가 아프더니 결국 그것 때문에 골치 아픈 일이 생긴 것이다. 1차에 합격하면 다음해에는 2차 시험만 보면 된다. 2학년이 되고서도 계속 공부를 하고 있는데 이제는 끝난 줄 알았던 '농잠학교의 저주'가 다시 마수를 뻗치고 있었다. 표현은 이렇게 하지만 사실은 내가 내 길을 잡지 못한 것이 원인이다.

대학원에는 농잠학교에서 나를 가르치던 교수님 몇 분이 같이 석사 과정을 밟고 있었다. 전문대학 과정이므로 교사가 아니고 교수님이었는데 그때는 학부만 졸업하고도 교수를 하는 분들이 많았다. 그 분들이 내게 솔깃한 제안을 했다.

"박 군은 여기서 공부 좀 하다가 내려와서 학교에 와. 학교 오면 좋아, 편하고. 또 고향이고."

석사과정을 들으면서 학교에 가서 가르칠 수 있으면 괜찮을 것 같았다. 무엇보다 '편하고'라는 말이 달콤했다. 농잠학교 때부터 좌절의 연속이어서 그랬는지 나는 많이 지쳐 있었다. 그리고 이제 결혼도 했으니 내 가정을 책임져야 했다. 얼른 안정과 편안함을 찾고 싶었다. 지도교수님도 그게 좋겠다고 하셨다. 학교에 가서 학장 선생님도 만나서 가는 걸로 확정이 되었다. 장위동 방도 빼고 학교에서 지내기로 했다. 아내는 전문학교 인근에 방을 얻어서 먼저 내려가 있었다.

'아, 이제 좀 편해지는구나.'

했는데 갑자기 취소되었다는 연락을 받았다. 이유가 될 만한 게 없었다. 도저히 이해할 수가 없었다. 좀 젊고 말이 통하는 교수에게 조용히 물어 봤더니 어이없는 이유가 있었다.

"혹시 나중에라도 인원 조정이 되면 젊은 자네 때문에 나이든 사람들이 나가야할 수도 있으니까…."

학교에 갈 거라고 농촌진흥청 연구직(요즘 7급)을 합격을 하여 농업기술연구소에 발령이 난 후 포기까지 하였고, 기술고시 공부도 하지도 않았다. 일이 틀어졌을 때는 시험이 고작 2개월밖에 남지 않았다. 실험실에서 지내면서 독하게 공부하리라 다짐했는데 독기만 올라오고 공부가 되지 않았다. 공부를 한다고 앉아 있으면 화가 났고 무엇보다 아내에게 면구스러워 견딜 수가 없었다. 결국 시험에 떨어지고 말았다.

그나마 다행인 것은 조교 직책이 남아 있다는 것이었다. 학교에 갈 거라고 조교직 사표를 냈는데 교수님께서 발령장을 받고 내도 늦지 않다고 하셨던 덕이다. 그렇게 또 세월이 흘러갔다. 농학에 뜻도 없는 내가 석사 과정을 끝내고 곧바로 박사과정으로 들어갔다. 박사과정에 들어가면서도 나는 확실하게 진로를 결정하지 못하고 있었다. 고작 진로를 생각한다는 것이 '계속 공부를 해서 교수가 되는 것도 좋지 않을까?' 하는 정도였다.

# 3

# 달콤한 열매, 미생물연구에 10년을 보내다

## 농사일을 해본 덕에 신뢰를 얻다

어릴 때부터 농사일이 싫었다. 시골에서 자란 사람 치고 '나는 농사일이 참 좋았다' 고 하는 사람이 있을까마는, 그래도 나는 농사일을 싫어했던 아이들 중 최고로 싫어했다고 '자부한다' 우리 집은 농사가 너무 많았다. 아버지는 부지런한 농사꾼이 아니었다. 아버지가 부지런하면 아무래도 아이들이 할 일이 줄어든다. 말했듯이 아버지는 가사일보다는 술을 좋아하시고 '대외활동' 을 즐기시던 분이었다. 또래 친구들보다 일을 더 많이 해야 하는데, 몸은 제일 약했다. 다른 애들이 그냥 힘들 때, 나는 밤에 오줌을 싸고 밥을 먹지 못했다. 그렇게 싫었던 농사일을 농잠학교에 가서도 했다. 그리고 그 학교는 오랫동안 나를 힘들게 했다. 농잠학교에 교수로 가는 일이 좌절됐을 때, 영원히 그 저주가 풀리지 않을 것 같았다.

그런데 78년 여름, 놀랍게도 오랫동안 누적되면서 나를 괴롭히던 농사일이 기막힌 행운으로 돌아오는 사건이 시작되었다. 키스트의 환경공정연구실에 결원이 생기면서 추천이 들어온 것이다. 일반적인 연구라면 키스트에 농학 출신이 필요할 까닭이 없다. 당시 우리 연구실에서 울산공단에 대한 환경영향평가를 하고 있었다. 내가 필요한 부분은 공단의 오염물질이 환경에 미치는 많은 영향들 중 농작물에 대한 영향

조사였다. 나는 한 달에 한 번씩 농작물 팀의 팀장으로 출장을 가서 사진을 찍고 샘플을 채취해 분석하는 일을 했다.

환경영향평가는 대단히 복잡하고 세밀한 작업이다. 엄격한 객관성을 유지해야 함은 물론이다. 먼저 울산에 30 군데의 조사지역을 정한다. 그리고 울산과 비슷한 입지 조건을 갖춘, 그러면서 대규모 공단의 영향을 받지 않는 지역 몇 군데를 대조지역으로 정한다. 한 해의 농사가 마무리되었을 때 대조구의 평균값과 비교해 보상액을 결정한다. 예를 들어 울산의 1지구가 대조구의 평균값에 10% 부족하다면 그만큼을 보상해주는 것이다. 보상자금은 공단에 입주해 있는 공장의 오염물질 배출도에 따라 물렸다.

이렇게만 하면 단순한 작업이다. 그런데 공산품이 아닌 농작물은 생명체이기 때문에 단순하게 평균값 비교만으로 보상액을 책정할 수 없다. 예를 들어 울산에 있는 배나무의 잎이 한 여름에 말라서 떨어지는 현상이 관찰되었다고 하자. 대조지역에서는 그런 현상이 나타나지 않았다. 그렇다고 이것이 오염이 원인이라고 단정할 수는 없다. 가장 쉽게 의심할 수 있는 것이 병충해이지만 그 외에 여러 가지 요인이 있을 수 있다. 병충해라면 보상액을 책정하는 데 포함시키지 않을 것이다. 만약 공해 때문이라면 이 공해가 얼마나 농작물에 얼마나 영향을 미쳤는지도 알아내야 한다.

그 과정에서 처음으로 시골에서 태어나 농사를 짓고, 농잠학교 5년 동안 또 농사를 지은 덕을 톡톡히 보았다. 농작물에 대한 환경영향평가는 돈과 직접적으로 연관되어 있어서 굉장히 민감한 작업이다. 많은 때는 총 보상금액이 30억 원을 넘을 때도 있었다. 우리가 잘못하면(뭔가 문제가 생기면 농작물 팀의 팀장인 내 책임이다.) 키스트에 대한 신뢰도는 당연히 떨어지고 공단과 농민들 사이의 갈등이 생길 소지도 있다.

여기서 제일 중요한 부분이 키스트와 농민들 간의 신뢰감이다. '우리는 국책 연구기관이고 모두들 전문가다. 다 알아서 할 테니 믿어보시라.' 고 한다고 신뢰감이 생기지는 않는다. 모든 일이 그렇지만 데이터만으로는 신뢰를 구축할 수 없다. 우리가 수집하고 분석한 모든 자료를 농민들에게 보여준다고 해도(물론 모두 투명하게 공개했다.) 농민들이 뭔가 미심쩍다고 하면 그만이다. 억지로 믿게 할 방법은 없는 것이다. 이럴 때 중요한 것이 인간적인 소통이다. 농사꾼으로서의 내 과거가 도움이 되었던 것도 바로 이 부분이다. 지식과 경험은 엄연히 다르다. 농학에서 박사과정을 밟고 있으니 지식으로만 말하자면 내가 농민들보다 아는 것이 훨씬 더 많다. 그러나 지식만으로 되는 일은 없다. 그리고 내가 가진 지식은 엄정한 결과를 내는 데는 반드시 필요하지만 농민들과 대화하는 데는 보조적인 수단에 불과하다.

예를 들어 현장 조사를 하러 갔다가 모내기가 끝난 논에서 김을 매고 있는 농민을 만난다고 하자. 지식으로만 다가가면 할 말이 없다. 모에 좋은 수면의 높이를 이야기할 것인가, 아니면 피가 작황에 미치는 영향을 이야기할 것인가. 하지만 경험으로 다가가면 어렵지 않다.

"아이고, 덥지요."

모르는 사람은 물에 들어가 있는데 뭐가 더울까 생각할 수 있다. 하지만 무논에서 김을 매 본 사람은 안다. 위에서 내리쬐고 아래서 올라오는 열기 때문에 한증막이 따로 없다. 별 것 아닌 인사말이지만 이런 소소한 말에서 농민들은 마음을 연다. 인사말을 외워서 한다고 되는 일이 아니고 전문적인 지식 없이 인사말만 알아서 되는 일도 아니다. 같은 질문을 하더라도 경험을 해 본 사람이 하는 것과 경험 없이 지식만으로 하는 것은 다르다. 뭐가 다르냐고 물으면 설명할 길이 없지만 그냥 느껴지는 뭔가가 있는 것 같다. 농민들과 농사에 대한 이런 저런 이야기를 나누는 와중에 내 경험도 나오고 우리 동네에서는 이렇게 한다는 등의 이야기를 하면서 자연스럽게 공감대가 형성되었던 것 같다. 그렇게 몇 년을 하다 보니 지역 농민들과 친해지지 않을 수 없었다. 10년 전 아버지께서 돌아가셨을 때 당시 인연을 맺었던 농민들 전부가 상주까지 문상을 와 주었다.

80년대 초, 대기오염이 심할 때는 희한한 현상도 나타났다. 아무 생각 없이 보면 신기하고 재미있는 현상이고 속내를 들여다보면 참 무서운 현상이다. 사고나 기타 이유로 인해 갑자기 대기오염이 심해지면 한여름에 낙엽이 진다. 모든 잎이 완전히 떨어지지는 않지만 앙상한 가지가 드러나는 것이다. 가을이 되면 몇 개 안 남은 잎으로 겨우 버티고 있던 나무에 이상한 일이 일어난다. 배나무에서 배는 봉지에 쌓여서 주렁주렁 달려 있는데 또 한 쪽 가지에서는 꽃이 피고 있다. 생체리듬이 흐트러졌기 때문이다. 식물은 낙엽이 지면 그때부터 꽃을 피우는 호르몬을 생성하기 시작한다. 원래대로라면 잎은 가을에 떨어지니까 그때부터 준비를 해서 봄에 꽃을 피우면 된다. 그런데 배나무가 공해 때문에 낙엽이 지는 것을 겨울이 오는 것으로 착각을 해서 피해를 입은 여름에서 한 계절이 지난 가을에 꽃이 피는 것이다. 이렇게 균형이 흐트러진 나무는 이듬해 봄에도 제대로 꽃을 피우지 못하고 몇 년은 지나야 회복이 된다. 농학자로서 보면 흥미로운 현상이고 농사꾼으로 보면 안타까운 현장이다.

농작물이 상하는 것도 그렇지만 환경오염으로 사람이 다치는 것이 제일 안타까운 일이다. 울산의 공해를 조사하던 시기에 일본의 미에현(三重縣)에 있는 미에대학에 6개월 동안 연수를 갔다. 일본은 공해문제에 어떻게 대처하고 있는가를 배우기 위해서였다. 미에현은 공해와 관련해서 기막힌 사연이 있는 곳이다. 또 일본이 공해문제를 본격적으로 해결하는 계기가 된 곳이기도 하다.

1959년 대, 미에현의 요가이치(四日市)지역에 대규모 화학공업단지가 들어섰다. 공업단지는 계속해서 확장이 되었다. 이 때 사람들은 공해에 대한 개념이 전혀 없었다. 저기압이 되면 공기 중의 공해물질이 땅 가까이 가라앉는다. 한두 번도 아니고 저기압일 때마다 이런 일이 생기면 시위를 하거나 정부에 탄원이라도 할 만하다. 그런데 놀랍게도 당시 주민들은 자전거를 타고 도망을 갔다고 한다. 공해로 인한 폐질환을 앓는 사람들이 많았지만 문제를 해결해야 한다는 생각을 하지 못했던 것 같다. 그러던 중 한 중학교에서 일이 터졌다. 조례시간에 운동장에 서있던 학생 중 미나미라는 여학생 하나가 쓰러진 것이다. 미나미 양은 병원에 간 지 3일 만에 죽었다. 미나미 양은 죽기 전에 유언을 남겼다.

"공해가 없는 깨끗한 곳에 묻어주세요."

해당 지역의 언론사가 여중생의 죽음을 타전했고 곧이어 일본 전역의 매스컴이 '왜 아이가 죽었느냐'라며 여론을 형성했다. 여론은 소송으로 이어졌다. 72년 7월 지방법원은 최초 소송을 제기했던 9명의 원고에게 공단 입주기업이 9천만 엔을 보상하라는 판결을 내렸다. 〈요가이치 소사〉라는 책을 읽으면서 알게 된 내용인데 가슴이 아팠다.

환경오염과 관련된 '어리석은 역사'는 다른 나라에서도 있었다. 1952년 런던에서는 4,000여 명이 호흡장애로 사망했다. 산업혁명 이후

급격한 산업발달과 함께 산업용 및 가정용으로 석탄 사용이 급격하게 증가하면서 이산화황이 포함된 연기와 안개가 합쳐진 스모그가 원인이었다. 대규모 사망 사고 이후에도 만성폐질환으로 8,000여 명이 죽었다. 아인슈타인이 인간의 어리석음은 영원할 거라고 했다더니 정말 그런 것 같다.

울산을 시작으로 다른 지역에서도 영향평가를 했다. 광양제철소를 막 짓기 시작할 무렵에도 현장조사를 했는데 2년 동안 조사하면서 한 번 내려가면 한 달씩 있곤 했다. 앞으로 공해 피해가 어떻게 될 것인가를 예측하는 조사였는데 이때는 재미도 있었고 고생도 많이 했다. 재미로 치면 역시 식도락이다. 숙소가 순천에 있었는데 진수성찬이 나왔다. 특히 일반 시장에서 보기 힘든 커다란 꼬막은 참 맛이 좋았다. 섬으로 자주 가니까 선장하고도 친해졌다. 숭어가 많이 나오는 철에는 선장이 직접 잡아 회를 쳐주기도 했다. 더러 도시락을 싸달라고 해서 현장에서 먹곤 했는데 한 번은 나를 포함한 4명 전원이 식중독으로 설사를 했던 기억도 있다.

환경에 대한 영향 평가이기 때문에 길이 뚫린 곳만 다닐 수 없다. 산속을 헤쳐 나가면서 어떤 식물들이 살고 있으며 상태는 어떤지 등도 조사해야 한다. 그래야 나중에 비교가 가능하다. 길도 없는 산들을 넘어 다닐 때는 힘도 들었지만 젊어서 그랬던지 재미도 있었다. 나를 제일 괴롭힌 것은 의학용어로는 추간판탈추증, 일반적으로 말하는 병명으로는 '디스크'였다. 서울에서 현장까지 가려면 7, 8시간은 걸렸다. 조그마한 승합차를 타고 다녔는데 에어컨도 없었다. 키도 큰 내가 작은 차에서 웅크리고 가다보니 허리가 나간 거였다. 증세가 심해서 다리를 절었고 밤에는 잠을 제대로 자지 못했다. 한 2, 3년 고생을 했는데 수술을 하지 않고 그냥 있었다. 누가 걸으면 좋다고 해서 등산을 많이 다녔는데, 이 등산이 또 내 일을 하는 데 많은 도움이 되었다.

여전히 우리 연구실에서 울산의 환경영향평가를 하고 있다. 지금은 내가 총책임자가 되어 있다. 그동안의 노하우가 쌓이고 기계화가 되면서 많이 단순해졌다. 그때 분뇨 연구에 자원한 것이 얼마나 잘한 일이었는지 잘 드러나는 대목이다.

여기서 다시 내가 세상물정을 모른다는 고백을 해야겠다. 나는 키스트에 올 때 아무 생각 없이 그냥 왔다. 추천이 들어왔으니 키스트의 연구원이 된다는 생각이었다. 그런데 들어와서 보니 아니었다. 요즘 식으로 말하면 6개월짜리 인턴이었다. 우선은 6개월 동안 쓸 만한 사람이라는 걸 증명해야 한다. 판단 권한은 연구실의 실장에게 있다. 거기서 통과를 해야 시험을 칠 자격이 주어진다. 나를 분뇨정화조 연구에 낙점해주신 신응배 실장님께서 '쓸 만하다.'는 판정을 내려주셨다. 시

• 담당연구원과 연구실에서

험은 전공과 영어시험이었는데 가끔은 영어에서 기준점인 60점을 못 넘어서 탈락한 사람도 있었다고 한다. 나는 영어학원에서 연애하면서 배운(혹은 배우면서 연애한) 덕분에 합격을 할 수 있었다. 그렇게 5년이 지난 다음에 분뇨정화조 연구를 시작하게 된 것이다.

## 오염물은 발생한 곳에서 처리해야 한다

축산분뇨정화조가 히트를 치면서 여유를 가질 수 있었다. 첫 번째는 키스트에서의 입지에 관한 여유다. 농학 출신으로 혈혈단신 '좋은 대학' 의 공학자들이 있는 곳에서 어떻게든 살아남아야 한다는 압박감에서 해방되었다.

축산분뇨정화조가 성공했다고 하루아침에 나를 대하는 시선들이 따뜻해진 것은 물론 아니다. 어떤 모임이든 있을 자리가 아니라는 생각이 들면 누가 눈을 흘기지 않아도 스스로 눈치를 보게 되듯이 내가 내 자리에 당당하지 못하니까 괜스레 움츠러들었던 것이다.

지금 생각하면 아무것도 아니다. 나는 키스트에서 놀지도 않았고 맡은 역할도 잘 해냈다. 다만 혼자서 움찔거렸던 것뿐이다. 학벌이나 연줄이 출세에는 도움이 될지 몰라도 인생을 사는 데는 전혀 도움이 되지 않는 것 같다. 너나 나나 각자 제로에서 시작해 스스로 일궈내야 할 인생이다. 내 경우를 보면 오히려 학벌이 좋지 않았던 것이 내 인생을 충실히 살아내는 데 더 도움이 되었다. 혹시라도 학벌이나 기타 여러 가지 조건들 때문에 주눅 들어 있는 사람이 있다면 그럴 필요가 전혀 없다는 것을 강조, 또 강조하고 싶다. 그것은 그들이 만들어 낸 것일 뿐 스스로 그들의 틀 안에 갇힐 이유는 전혀 없다.

축산분뇨정화조를 개발할 때는 나 때문에 연구비를 댄 기업이 망하면 안 된다는 생각에 스트레스를 많이 받았다. 그 업체가 우리가 개발한 정화조로 돈을 많이 벌게 되자 그런 압박감에서 벗어날 수 있었다. 이것이 두 번째 여유다. 나는 조금은 편안한 마음으로, 그리고 자신 있게 '생각한 게 있는데 돈을 좀 대시오.' 라고 말했다. 이번에는 오수정화조였다.

이번에는 뭔가 다른 것을 개발할 거라고 기대한 독자가 있다면, 미안하다. 나는 키스트에 있는 내내 '그 짓' 을 하고 살았다. 이후에는 규모와 방법이 바뀌긴 했지만 큰 틀에서 보면 여전히 '그 짓' 이다. 그러니 뭔가 번쩍번쩍하고 폼 나는 발명을 기대하는 독자라면 이쯤에서 책을 덮는 것도 방법이다.

본론으로 돌아와서, 오수정화조 역시 촌놈이라서 떠올릴 수 있었던 발상이다. 도시에서는 화장실, 개수대 등에서 흘러나가는 물이 하수관을 통해 처리장으로 간다. 그런데 시골에서는 사정이 다르다. 화장실의 오수는 정화조를 통해 일부 걸러져서 나가지만 나머지 물은 그냥 그대로 강물로 나간다. 시골의 얼마 되지 않는 가구 수를 감안하면 하수관을 묻는 것은 경제성이 떨어져도 너무 떨어진다.

그렇다고 그대로 두면 강물이 오염되고 만다. 그래서 생각한 것이 화장실을 포함해 가정에서 나오는 모든 오수를 한꺼번에 처리할 수 있는 정화조를 만들자는 것이 내 생각이었다. 당연히 필요한 것이기는 하지만 당위성과 사업성은 다르다. 꼭 필요하다고 해서 사업이 된다는 보장은 없다. 그때도 내무부에서 마을마다 정화시설을 만드는 쪽으로 방향을 잡고 있었기 때문에 사업성도 있다고 보았다.(이 방향에는 나도 큰 역할을 했다.) 그래서 더 당당하게 연구비를 의뢰할 수 있었다.

뭔가 새롭게 개발한다는 건 항상 어려운 일지만 이전에 했던 작업들로 '기본기'가 다져져 있어서 1년 여 만에 마무리가 되었다. 축산정화조는 3000ppm, 분뇨정화조는 380ppm에 맞춰 설계를 했는데 오수정화조는 여러 곳의 물이 섞이기 때문에 200ppm에 맞는 구조로 설계했다.

퇴계원 인근의 농가에 현장 적용을 해봤는데 잘 되던 것이 하루는 처리가 안 되고 있었다. 샘플을 분석해보고 할 것도 없이 현장에 가면 뚜껑을 열어보기도 전에 냄새가 나기 때문에 알 수 있다. 분해할 때 냄새가 나지 않는 호기성 미생물을 이용한 것이기 때문이다. 축산정화조 때처럼 전기를 뽑은 것도 아니었다. 아무리 찾아도 원인을 밝혀낼 수가 없었다. 처음부터 안 됐으면 공정 자체에 문제가 있다고 생각했을 텐데 잘 되던 것이 갑자기 안 되니 참 답답한 노릇이었다. 공정에 문제가 없다면 원인은 현장에 있을 수밖에 없다. 오수정화조로 물이 들어오는 모든 곳을 샅샅이 뒤진 끝에 '범인'을 밝혀낼 수 있었다.

시골 사람들은 옷을 잘 갈아입지 않는다. 청결하지 못하다는 뜻이 아니고 어쩔 수 없다. 흙에서 하는 일이니 갈아입자고 들면 매일 갈아입어야 하는데 그러기는 어렵다. 도시처럼 살림만 하는 사람이 있다면 또 모를까 시골에서는 여자가 남자보다 더 바쁘다.

며칠씩 땀과 흙이 배어든 옷은 세탁기에 넣고 돌려도 여간해서는 깨끗해지지 않는다. 그래서 이 분들이 빨래를 락스 물에 담궈놨다가 그 물을 그대로 버린 것이다. 정화조에 사는 미생물은 빨래비누정도는 견딜 수 있지만 락스에는 견디지 못한다. 미생물이 죽어버리니까 처리가 안 되고 냄새가 날 수밖에 없다. 보급할 때 이 점을 꼭 주의시키라고 업체에 당부, 또 당부했다.

오수정화조 개발이 끝났을 즈음 농촌진흥청에서 농촌지도자들을 대상으로 교육을 하게 되었다. 농촌의 환경오염을 어떻게 줄일 것인가에 대한 주제로 간간히 하던 것이었다. 축산정화조 이야기도 하면서 최근에 집에서 나오는 모든 오수를 다 처리하는 것을 개발했다는 이야기를 했다. 그리고 키스트의 식당에 설치를 해놨는데 처리가 잘되고 있다는 말도 했다. 그랬더니 충북 음성군에서 온 여성 농촌지도자 한 분이 큰 관심을 보이셨다. 군수님이 오염을 줄이려고 생각을 많이 하시는데 군비를 들여 시범적으로 설치를 해봤으면 좋겠다는 것이다.

나로서는 굉장히 감사한 일이다. 공정을 개발하고 현장시험까지 마쳐도 하나의 고비가 남아 있다. 현장시험은 현장시험일 뿐이고 실제로 설치한 곳이 있는가 없는가는 큰 차이가 있다. 돈이 한두 푼 들어가는 것도 아니고 일단 설치를 하고 나면 잘 안 되더라도 철거를 하기도 어렵다. 그래서 이런 경우, '다른 곳에서 설치를 했는데 잘 되더라.' 하는 실례가 있으면 굉장히 도움이 된다. 음성군에 설치가 되고 처리가 잘 된다는 소문이 돌면서 전국적으로 히트를 치게 되었다. 언론의 조명도 많이 받았는데 특히 우리 정화조가 들어간 마을에 송사리가 산다는 기사를 봤을 때는 정말 기분이 좋았다.

오수정화조와 관련해서, 여기까지는 일이 순조롭게 풀린 편이었다. '고난' 은 예상치 못한 곳에서 나를 기다리고 있었다.

우리 오수정화조가 상당히 보급된 시점에 국회와 환경부에서 농촌지역의 환경오염을 줄일 새로운 법을 준비 중이었다. 90년대 중반이었는데 나도 국회환경포럼의 정책자문위원으로 적극적으로 참여를 하고 있었다. 그때의 쟁점은 하수관을 설치해 농가 등에서 나오는 오수를 일괄 처리할 것인지 아니면 각 가정에서 처리하게 할 것인가였다. 나는 발생원처리 즉, 오염물질이 발생한 곳에서 처리를 하는 게 좋겠다는 입장이었다. 하수관을 묻는 비용도 만만치 않고 누수가 있을 경우 땅도 오염이 되기 때문이다. 특히 외딴 곳에 떨어져 있는 몇 가구를 보고 하수관을 설치하는 것도 힘들다고 보았다. 약간의 이견이 없지 않았으나 내가 주장한 대로 발생원처리가 원칙이 되었다. 그걸 주장한 덕분에 팔자에 없는 법안까지 만들게 되었다. 코피를 쏟고 밤을 새워가며 만들었는데 지금 생각하면 왜 그랬나 싶기도 하고 또 흥미로운 일이기도 했다.

그런데 내가 만든 제정법(정화조법)을 환경부에서 기존법(오분법)의 개정법으로 수용하였는데 시행하는 과정에서 살짝 뒤틀려 있었다. 쥐를 잡는데 검은 고양이면 어떻게 흰 고양이면 어떤가. 쥐만 잘 잡으면 된다. 오수정화조도 마찬가지다. 어떤 회사의 제품이든 처리 기준만 만족시키면 된다. 그렇게 해야 새로운 기술개발도 촉진되고, 시장에서의 싸움이 시작된다. 이것이 내가 아는 상식인데 환경부 담당 직원의 상식은 조금 달랐던 모양이다. 처리 기준 대신 공법을 명시하자는 것이었다.

이를테면 오수정화조는 A공법, B공법, C공법의 제품만 설치할 수 있게 하자는 것이었다. 그것을 시행규칙에 다 넣자면 너무 복잡해지니까 그러지 말자고 해도 끝까지 고집을 피웠다. 도저히 어쩔 수가 없어서 그 부분은 포기를 했는데 고시안이 나온 것을 보니 기가 막혔다. 이미 처리가 잘 된다고 해서 많은 농가와 지자체에서 선택한 우리 공법이 빠져 있었다. 대신 새로운 법이 만들어지는 것에 발맞춰 큰 건설업체들에서 일본에 로열티를 주고 들여온 제품들이 들어가 있었다.

당장 담당자를 만나 물어보니 대답이 가관이었다. '검토할 시간이 없어서' 뺐다는 것이다. 자료는 이미 오래 전에 넘겼고 무엇보다 현장에서 잘 돌아가고 있다는 증거까지 있는 상황이었다. 만약 법안이 그대로 통과가 된다면 이미 설치되어 있는 우리 제품은 '불법 제품' 이 되는 것이고 100억 원어치 이상 만들어 둔 것들도 쓰레기가 되어 버린다. 해당 업체가 도산할 것은 빤한 일이다. 억울해서 도저히 견딜 수가 없었다. 환경부의 다른 직원에게도 이 사실을 이야기하고 다른 인맥들도 동원해 이 문제를 공론화시켰다.

그렇게 해서 공법에 관계없이 처리수질만 법 기준을 만족하면 된다고 개정되어 우리가 개발한 정화조도 들어가게 되었다. 우리 정화조가 들어가면서 일본의 정화조를 갖고 왔던 업체들은 모두 발을 뺐다. 담당 직원이 왜 그렇게 했는지는 아직도 이해하지 못하고 있다.

## 미생물이 해답이다

우리는 음식을 먹는다. 우리의 소화기관은 영양분을 흡수하고 나머지는 배설한다. 이 과정을 전혀 다르게도 표현할 수 있다.

'생물학적 산소 요구량이 약 100,000ppm인 물질을 인간이 분해한다. 인간에 의해 분해된 물질의 생물학적 산소 요구량은 약 20,000ppm으로 낮아진다. 인간의 몸은 환경정화에 탁월한 구조를 갖추고 있다.'

사람을 폄하하자는 뜻은 전혀 없다. 미생물이 오염물질을 분해하는 원리를 쉽게 설명하려는 것이다. 미생물이 오염물질의 농도를 낮추는 것에 신비스러운 뭔가가 있는 것은 아니다. 미생물 역시 우리처럼 먹고 배설하고 번식한다.(물론 이 번식은 사람과 많이 다르고 훨씬 더 폭발적이다.) 이 과정에서 '뜻하지 않게' 환경정화에 이바지하는 것이다. 그러니 음식이 상했다고 불평할 일이 아니다. 오히려 썩혀주어서 고맙다고 해야 한다. 인간의 입장이 아니라 객관적인 입장으로 보면 썩는 게 아니라 미생물이 식사를 하고 있는 중이다. 미생물이 없으면 우리가 경이로워 마지않는 자연의 순환도 불가능하다. 진화론으로 보면 미생물이 인류의 조상이기도 하고 핵전쟁이 일어나면 지구를 지배할 생명체도 미생물이라고 한다. 이래저래 미생물은 경이로운 생명체

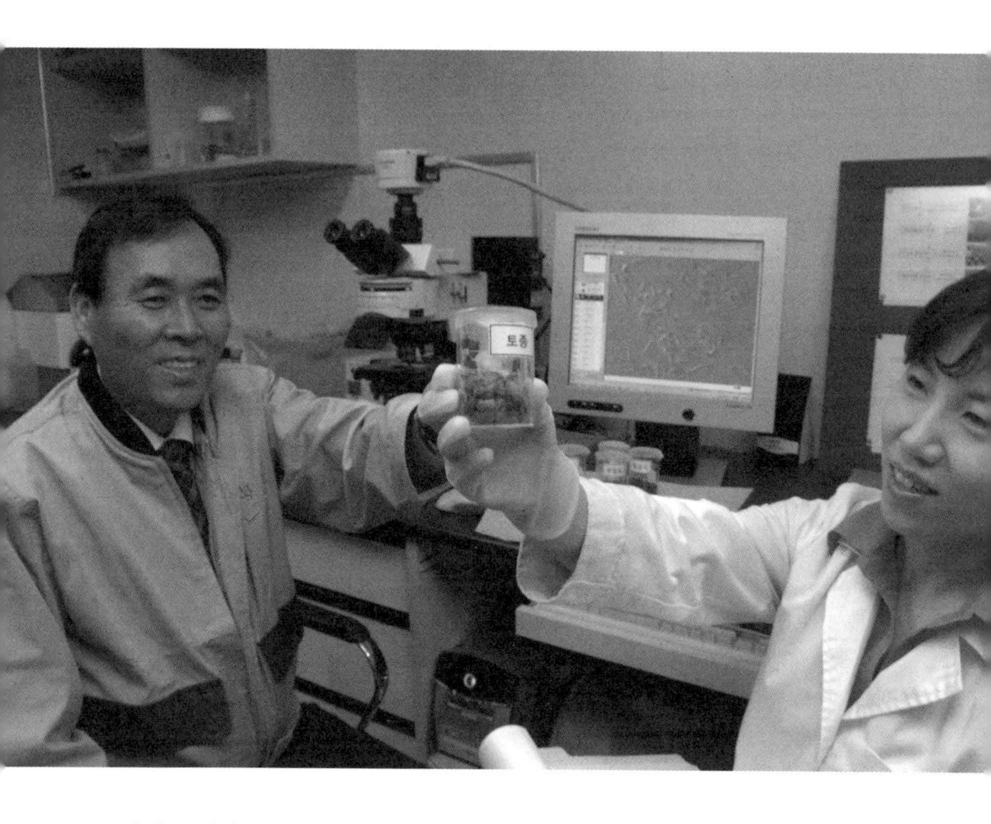


임에 분명하다.

태초에 미생물이 있었듯이, 내 연구의 태초에도 미생물이 있었다. 그리고 내 연구의 종착지 역시 미생물이 될 것이다. 앞에서도 설명했듯이 미생물을 이용한 내 연구의 핵심은 어떻게 하면 미생물이 좀 더 활동적이게 할 수 있을까, 달리 말하면 어떻게 하면 이놈들이 왕성한 식욕과 번식력을 가지도록 할 것인가였다. 그래서 샘플을 분석할 때는 늘 미생물의 상태를 살피는 일도 빼놓지 않았다. 그리고 미생물에 관한 다양한 논문이나 연구결과들에 대한 자료도 축척하고 있었다. 다만 이때는 원래 분뇨에 살고 있는 애들을 잘 보살피는 것에서 벗어나지 못했다.

축산정화조를 개발할 때였던 것으로 기억한다. '미생물이 분뇨 분해에 탁월하다면 원래 살고 있는 애들을 소극적으로 이용할 게 아니라 좀 적극적으로 이용할 수 있는 방법은 없을까?' 라는 생각을 하게 되었다. 궁리 끝에 분해 능력이 뛰어난 미생물을 찾아서 정화조에 넣어주는 방법을 생각해냈다. 그나저나 그렇게 해서 효과가 있을까? 급한 대로 19세기 방법으로 실험을 했다. 부엽토를 가져다가 분뇨가 들어있는 반응기에 넣어보자는 것이었다. 낙엽을 분해시킬 수 있다면 분뇨도 분해시킬 수 있지 않을까 하는 생각이었다. 부엽토를 그대로 반응기에 넣었다고 하면 다른 과학자들은 키스트 연구원이 무슨 그런 무식한 짓을 하느냐고 할지 모른다. 미생물은 내 전공이 아니다. 연구를 진행할 때도 미생물을 분리, 증식시키는 세부적인 작업은 소속되어 있는 전문 연구원들이 해주었다. 전문가가 아닌 것이 약점일 때도 있지만 전문가가 아니기 때문에 무모하게 시도를 할 수 있었다.

부엽토를 반응기에 넣고 며칠이 지났다. 그때의 기분을 뭐라고 표현할 수 있을까. 무궁무진한 보물이 숨겨진 동굴의 입구에 들어선 느낌

OLYMPUS
VANOX
AHBT3

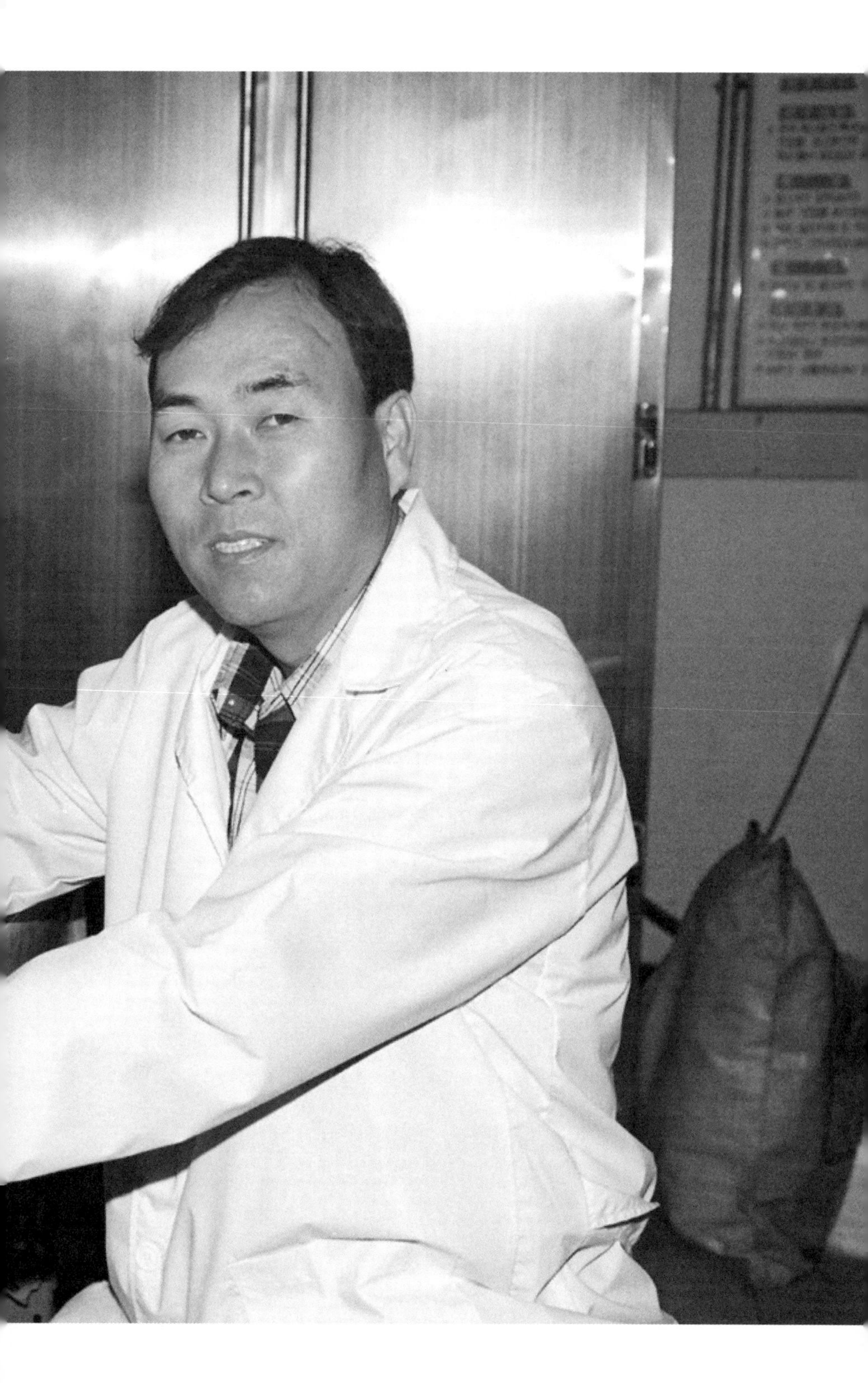

이라고 하면 비슷할까. 부엽토를 넣은 지 며칠 만에 효과가 조금 나타났다. 부엽토도 좋다면 낙엽은 어떨까. 완전히 썩은 낙엽, 조금 덜 썩은 낙엽을 포함해 흙도 넣어보았다. 차이는 있었으나 모두 효과가 약간 있었다.

'미생물을 인위적으로 넣어주는 방법이 효과가 있구나. 그렇다면 19세기 방식으로 하지 말고 21세기 방식으로 해보자.'

나만의 유레카였다. 선택과 집중이 필요한 시기였다. 세상에는 무수히 많은 종류의 미생물이 있다. 지구에 있는 모든 생명체의 몸무게 중 미생물이 60%를 차지한다고 한다. 그만큼 많은 미생물이 살고 있다. 어쩌면 내가 모르는 다른 미생물 중에서 분해 능력이 뛰어난 것이 있을 수 있다. 하지만 그 많은 미생물들을 전부 다 조사해볼 수는 없다. 우리가 선택한 것은 부엽토 속에 많이 사는 바실러스균이었다. 이미 실험으로 효과가 있음이 검증되었기 때문에 여기에 집중하기로 한 것이다. 말은 이렇게 해도 집중이란 표현이 적당한지는 모르겠다. 바실러스균은 특정 미생물의 이름이 아니고 한 분류를 지칭하는 말이다. 수많은 바실러스균이 있고 같은 종류라고 해도 조금씩 차이가 있다. 형제라도 잘하고 못 하는 것에 차이가 있듯이 말이다.

위에서 말한 21세기 방식이란 미생물을 분리, 배양, 증식해서 실험하는 것을 뜻한다. 흙 한 주먹에도 수 많은 바실러스균이 살고 있다.

그 중 어떤 놈이 가장 식성이 좋은지 모른다. 순서를 조금 바꿔서 '21세기 방법'에 대한 설명부터 하는 것이 좋겠다.

첫 번째 순서는 좋은 미생물이 있을 법한 부엽토 한 주먹을 연구실로 가지고 온다. 어떤 바실러스균이 어느 정도의 분해 능력이 있는지를 알려면 각 종류별로 분류를 해야 한다. 수백 배로 확대한 현미경에서만 볼 수 있는 미생물들은 끼리끼리 노는 게 아니라 서로 뒤엉켜 있다. 그걸 분리하고 증식시키는 과정은 워낙 전문적인 영역이고 특히 내가 잘 아는 분야가 아니라서 쉽게 설명하기가 어렵다. 부엽토 한 주먹을 갖고 와서 그 안에 있는 바실러스균 몇 종을 분리하고 실험 가능한 수준까지 증식시키는 데 4개월이 걸린다. 일손이 많이 필요한 일이고 또 각기 전문가의 영역이기 때문에 혼자서는 결코 할 수 없는 일이다. 그 지루하고 인내심이 요구되는 일을 해준 연구원들이 늘 고맙다.

그 다음에는 증식시킨 미생물 몇 종류를 각각의 반응조에 넣고 실험을 해본다. 안타깝게도 미생물은 인간의 말을 하지 못한다. 사람 같으면 '분뇨 분해 잘하는 사람은 누구냐?' 고 물어볼 수 있는데 미생물은 반응조에 넣어보기 전까지는 자신을 표현하지 않는다. 그놈들이 오염물 속에서 자신을 표현하는 데 걸리는 시간이 2개월 정도다. 실험실 공간의 한계가 있어서 한 기간에 실험할 수 있는 반응조는 대여섯 개에 불과하다.

'어느 정도' 효과가 있다는 것을 아는 데는 몇 주면 충분하다. 냄새가 다르고 색이 달라진다. 그러나 실험은 그렇게 해서 결론이 나오는 게 아니다. 초기에만 반짝 열심히 분해하는 놈이 있을 수도 있고 처음에는 활동을 덜 하다가 나중에 왕성하게 활동하는 놈이 있을 수 있다. 또 환경에 따라 달라질 수도 있다. 이렇게 크고 작은 변화들을 주면서 매일 체크를 해야 한다.

그러니까 하나의 미생물에 대한 결과를 내기까지 벼농사 한 번을 짓는 것만큼의 기간이 걸리는 셈이다. 6개월 동안의 실험에서 처리 효율이 좋은 미생물을 발견했지만 그때까지도 우리는 그 놈의 이름을 모른다. 실험 결과 좋은 놈만 골라서 미생물보존센터에 보내면 거기서 의견을 준다. 과거에 비해 많이 발전했지만 여전히 인간이 아는 미생물보다 모르는 미생물이 더 많고 미생물에 대해 알고 있는 것보다 모르고 있는 것이 더 많다. 어떤 때는 '이 미생물은 바실러스균 중에서 무엇입니다.' 하고 답이 오기도 하지만 때로는 '어떤 바실러스균과 비슷한 것입니다.' 라는 답변이 오기도 한다. 한 번 선발되었다고 거기서 끝나는 게 아니다. 예선에 통과한 놈들은 두세 번 훨씬 더 다양하고 '혹독한 환경' 에서의 시험을 거쳐야 한다.

지금까지 우리는 약 100종의 바실러스균을 찾아 분리, 증식하고 반응기에서 실험을 해보았다. 이 시험에 통과한 놈들은 고작 10종류밖에

• KIST 연구실에서

되지 않는다. 이 10종류를 찾는 데 12년이 걸렸다. 1년에 한 종도 찾지 못한 것이다.

앞에서 나는 순서를 바꿔서 설명한다고 했다. 먼저 설명해야 했던 순서는 '좋은 미생물이 있을 만한' 흙을 찾는 과정이다. 그 신나면서도 지루한 과정을 지금부터 이야기하려고 한다.

## 생각과 행동 사이는 짧은 것이 좋다

좋은 미생물이 사는 곳에 대해서는 여러 가지 '설'이 있었다. 첫 번째 강력한 후보지는 공동묘지다. 사람 몸을 잘 분해하는 놈들이 사람 몸에서 나온 것도 잘 분해할 것이라는 논리였다. 두 번째는 화산재가 있는 곳에 좋은 미생물이 있을 거라는 설이다. 화산재는 통기성이 좋고 미네랄이 풍부하다는 것이 그 이유다. 누군가 연구를 했을 수도 있고 아니면 그냥 환경공학 쪽의 사람들이 재미삼아 한 이야기일 수도 있다. 어쨌거나 미생물은 눈에 보이지 않으니까 일단 좋은 미생물이 살 만한 장소에 가서 그곳의 흙을 가지고 오는 방법밖에 없다.

미생물에 답이 있다는 걸 알고부터 흙을 수집해왔는데 그 기간 역시 약 10년이 된다. 시간 순서로 하면 복잡하니 우선 화산지대인 일본에

갔던 이야기부터 해보자. 박사 후 과정을 일본에서 한 덕분에 의사소통에는 아무런 문제가 없었다. 하긴 잠 잘 곳과 먹을 곳을 빼면 특별히 의사소통이 필요한 일은 아니다.

일본 출장은 일주일 혹은 열흘 일정으로 3번을 갔다. 이렇게 말하면 어떨지 몰라도 일하러 갔다기보다는 여행을 간 기분이었다. 특히 기차를 타는 게 그렇게 좋았다. 우리나라의 새마을열차 정도 되는 기차는 산길을 타고 계곡을 끼고 돌았다. 창밖을 바라보고 있으면 마음도 편해지고 일을 하러 온 것인지 쉬러 온 것인지 헷갈릴 정도였다. 누구랑 같이 가는 게 아니고 혼자 다니니까 더 호젓했다.

남쪽으로는 오끼나와까지, 북쪽으로는 홋가이도까지 갔다. 한 달 남짓한 기간 동안 일본 전역을 다닌 셈이다. 그러는 사이 뭔가 긴장감 넘치거나 배꼽을 잡게 할 일이 있었으면 이 책을 쓰는 데 참 도움이 되었으련만 그런 일은 일어나지 않았다. 그저 편안한 휴식 같은 여행이었다. 미생물을 찾으러 가는 장소는 대부분 시골 지역, 산이 좋은 곳들이었다. 낮에는 배낭 하나 매고 산으로 들어가서 흙을 수집했다. 부엽토가 좋은 곳을 발견하면 한 주먹씩 비닐 팩에 넣는데 흙이 무겁기 때문에 금방 무거워진다. 그러다가 배가 고파지면 싸갔던 샌드위치나 김밥을 먹었다. 산에서 밥을 먹으면 기분이 묘하게 좋았다.

'아, 꼭 소풍 온 것 같다.'

그렇게 산을 훑고 다니다가 해가 떨어지면 여관으로 가서 잠을 잤다.

가끔은 밭에서 일을 하던 농부가 호기심을 참지 못했던 적도 있다. 키만 삐쭉 큰 사람이 혼자서 관광지도 아닌 곳을 다니니까 궁금했을 법도 하다. 우리나라의 신고정신이 투철한 분이었다면 간첩신고를 했을지도 모르겠다. 뭐 하러 다니느냐고 물어보면 나는 미생물을 찾으러 왔다고 솔직하게 대답했다. 미생물이라는 말은 호기심을 해결하기는 커녕 더 증폭시킨다. 무슨 말이냐는 표정을 짓고 있으면 미생물을 용도에 대해 자세히 설명했다. 알아듣는지는 모르겠지만 대부분은 재미있게 들었다. 가끔은 여기까지 와서 찾는 거 보니까 중요한 일인 것 같기는 한데 무슨 말인지는 잘 모르겠다는 표정을 만나기도 했다. '멀리까지 와서 고생한다' 는 말을 제일 많이 들었던 것 같다. 질문을 받은 김에 나도 '근처에 좋은 여관이 어디 있느냐, 라멘은 어디가 맛있느냐?' 고 묻곤 했다. 일본 라면을 좋아하는데 지역마다 그 맛이 달라서 비교해가며 먹는 맛이 쏠쏠했다.

소풍처럼 재미있게 다니긴 했어도 그리 만만한 일은 아니었다. 내내 걸어 다녀야 하는 것도 그렇고, 욕심껏 흙을 배낭에 담고 나면 지게 짐을 졌을 때보다 더 어깨가 아팠다. 그런데 결과는 '정말 다행스럽게도' 아주 좋지 못했다. 흙이 일정량 이상 모이면 국제화물로 부쳤는데 그렇게 많은 지역의 흙 중에서 단 하나도 그럴싸한 놈이 없었다. 한 달

동안의 수집으로 예단하기는 어렵지만, 적어도 내가 수집한 일본의 미생물들은 그 종류가 다양하지 않았다. 그 중에서도 좋은 놈이 있었으면 정말 큰일 날 뻔했는데 없었다. 내가 일본에 다닐 때는 90년 대 초반이었다. 20년 전이었고 환경에 대한 지식도 많이 부족할 때였다. 그래서 국가적으로 엄청난 재앙을 불러올 수도 있는 일을 멋도 모르고 성실하게 수행한 것이다.

블루길이나 베스, 황소개구리를 생각하면 독자들도 무릎을 칠 것이다. 과거에 별 생각 없이 들여온 놈들이 생태계를 파괴하고 있다. 힘들기는 해도 이놈들은 잡을 수나 있지 미생물은 그것도 불가능하다. 환경이 다른 곳에 살던 미생물이 우리나라에 들어와서 무슨 짓을 할지 아무도 모른다. 1, 2년 후에 그 부작용이 나타날 수도 있고 몇 십 년 후에 나타날 수도 있다. 말 그대로 재앙인 것이다. 일본에서 미생물 찾기는 천만다행으로 고생한 만큼 보람도 없이 끝났다.

예전 신문을 보면 우리 미생물에 관한 의도적인 오보가 있다. 내가 현재 사용하고 있는 미생물들 중 백두산에서 온 것이 있다는 내용이다. 백두산에 간 것도 맞고 거기서 흙을 가져온 것도 맞다. 당시 한 대기업이 백두산에 호텔을 지을 때 우리 공법을 사용했다. 그래서 간 김에 백두산에 가서(화산재가 있으니까) 흙을 가져왔다. 부엽토는 참 좋았는데 좋은 미생물은 없었다. 기자들이 뭔가 의미를 만들려고 그렇게 했던 것 같다.

화산재 성분이 있는 지역이라면 역시 한라산을 빼놓을 수 없다. 백두산이나 일본은 힘들지만 제주도라면 집중적으로 사람이라는 물량을 투입할 수 있다. 유일하게 제주도에만 연구원들을 데리고 갔다. 일정은 일주일, 승합차 두 대에 나눠 타고 지질이 다른 곳마다 찾아다녔다. 그야말로 한라산을 샅샅이 뒤진 것이다. 일주일 동안 200봉지를 수집했다. 모래에서 금을 찾는 심정으로 그 많은 흙들에서 미생물을 분리하고, 분리한 미생물을 증식시키고 그것을 실험한 결과 성능이 좋은 두 놈을 발견했다. 나머지 8종은 혼자 다니면서 가져온 흙에서 발견한 것들이다.

산을 자주 가면서 나처럼 정상 등반에 관심이 없는 사람도 드물 것이다. 미생물을 찾기 시작한 이후로 정상을 밟아본 기억이 거의 없다. 가장 운이 좋았던 등산은 이웃들과 부부 동반으로 서울 근교의 산에 갔을 때였다.(혹시나 해서 어떤 산인지 밝히지 않는다.) 열 명이 산 입구까지는 같이 갔다가 거기서 일행들에게 '잘 다녀오시라.' 고 인사를 했다. 이웃들끼리 정을 다지는 등산이었는데, 그 날도 내 배낭에는 흙을 담을 봉지와 모종삽이 들어있었다. 해 오던 대로 구석구석 다니면서 흙을 뜨고 지점을 표시했다. 그렇게 한 배낭 다 채우고 나니 아내와 이웃들이 내려왔다. 보통 산에 한 번 가면 열대여섯 개의 흙 봉지를 가지고 온다. 그 날 좋은 꿈을 꾸지도 않았고, 특별한 느낌도 없었다. 그런데 거기서 10종 중 가장 분해 능력이 뛰어난 두 종을 찾았다. 이 놈들은 얼마나 식욕이 왕성한지 반응조에 넣은 지 몇 시간 만에 냄새가 잡히기 시작했다.

10년 동안 꾸준히 등산을 다녔으니 국내의 어지간한 산에는 다 가보았다. 서울 근교의 산은 가보지 않은 곳이 없다. 따로 시간을 내지 않고 전국의 큰 산을 다닐 수 있었던 것은 공기업평가위원이라는 직책을 한 10년 맡았기 때문이다. 지자체의 공기업들을 평가하는 일인데 내가 맡은 일은 역시 환경시설을 평가하는 것이다. 그때는 한 달 이상 이 지역에서 저 지역으로 출장을 다니는데 전국 각지의 부엽토를 가져오기에 적당한 기회다. 미리 해당 지역의 큰 산을 알아놓고 새벽에 '정상에는 관심이 없는 등산' 을 가는 것이다.

그렇게 많은 산을 뒤지고 다녔으니 산삼을 발견할 만도 한데 한 뿌리도 캐지 못했다. 어쩌면 내가 모르는 사이에 300년 묵은 산삼을 밟고 지나가지는 않았을까. 흙만 보니까 산삼을 볼 여력이 없다. 나는 미생물을 찾는 심마니니까 좋은 미생물만 찾으면 된다. 그게 내 산삼이다.

등산을 가지 않고 거의 공짜로 얻은 미생물도 있다. 한 번은 시골에서 살고 있는 동생이 오빠 먹으라고 집에서 띄운 청국장을 보내왔다.(오래되어서 간 김에 가지고 올라왔는지 기억이 확실치 않다.) 이것

'참 맛있겠다.' 는 생각과 동시에 콩을 청국장으로 만든 것이 미생물이라는 사실이 떠올랐다. 옳거니, 한 숟가락을 챙겨서 연구실로 갖고 왔다. 분리를 해서 실험을 해보니, 좋았다.

## 미꾸라지 잡는 마음으로 연구를 한다

전국을 다니며 구한 10종의 미생물은 처리 효율이 좋았다. 각기 장단점이 있어서 팀워크도 좋았다. 그런데 아직도 넘어야 할 큰 산이 하나 있다. 정화조나 오수처리시설에 우리 미생물 팀을 넣어주면 당장은 효과가 좋은데 오래 지속되지는 못했다. 정화된 오염물질이 배출되면서 미생물도 같이 흘러 나가버리는 것이다. 자주 자주 넣어주면 안 되는 일은 아닌데 좀 더 편리하게 만들고 싶었다.

미생물을 찾던 초기부터 그 고민을 했었는데 잘난 척하기 좋아하는 한 일본인이 결정적인 아이디어를 제공해주었다. 일본의 오수처리시설에 출장을 갔다가 흥미로운 광경을 보게 된 것이다. 그곳 직원이 정화조에 무슨 덩어리를 넣고 있었다. 보통 처리 시설을 가동하면 자연적으로 사는 미생물이 왕성하게 활동하도록 가루나 액체 상태의 영양분을 공급해준다. 덩어리 형태로 넣는 것은 처음 보았기 때문에 그 정체가 무엇인지 궁금했다.

"그게 뭡니까?"

직원은 자랑스럽게 말했다.

"한두 달에 한 번 주는 미생물덩어리입니다."

그 직원이 솔직하게 '보통 액체나 가루상태로 영양분을 넣어주는데 우리는 덩어리로 줍니다.' 라고 말했더라면 아이디어를 떠올리지 못했을 수도 있다. 그들이 넣는 덩어리가 영양분이었다는 걸 뒤늦게 알았을 때는 이미 아이디어가 떠오른 후였다. 액체나 가루상태로 영양분을 제공하는 것보다 덩어리로 넣으면 비교적 천천히 녹는다. 그러면 훨씬 더 사용하기에 수월할 것이다. 이렇게 방향을 잡았는데 미생물을 덩어리로 만드는 몰딩기술을 개발하는 게 여간 어려운 일이 아니었다. 우리 연구실의 어느 누구도 그 분야의 전공자가 없었다. 그런 기술을 전공으로 하는 학과가 무엇인지도 모르겠다. 그래서 진전 없는 제자리걸음을 오래했다.

오수정화조를 가동할 때도 덩어리 상태로 만들어서 넣어보기는 했다. 그때는 찾은 미생물이 몇 종 되지 않을 때였다. 미생물을 흙과 섞어서 반죽으로 만들었는데 들어가자마자 확 녹아버렸다. 정체되어 있는 물이면 조금 더 오래갈 수도 있는데 호기성 미생물을 살리는 데 필요한 산소공급 장치 때문에 물살이 세다. 어지간히 단단하지 않고서는 순식간에 녹아버리는 것이다. 문제는 단단하기만 하면 되는 게 아니라 단단하면서도 천천히 녹아내려야 한다는 것이다.

그 과정에서 정말 별 짓을 다했다. 나름 과학적인 방법도 없지 않았으나 누가 보면 애들 장난하는 것처럼 보일 시도도 해보았다. 압축기를 써 보기도 했고 미생물을 흙하고 반죽을 해서 가래떡처럼 뽑아보기도 했다. 그냥 가래떡처럼 뽑은 게 아니고 실제로 가래떡 뽑는 기계를 사와서 실험을 했다. 이것도 다 어릴 때 보았던 것이다.

그 과정에서 그래도 조금 버텨주는 방식을 개발했다. 이게 처음 들어간 곳이 경기도 화성에 있는 현대자동차 남양연구소다. 연구원이 4,000명이나 되는 큰 연구소이고 여기서 나오는 생활오수와 공업폐수가 하루에 2,000톤 정도다. 두세 달에 한 번씩 리필을 해줘야 했는데 번거로워서 그렇지 처리는 잘되었다. 우리 공법으로 처리된 물은 인근 하천으로 흘러 들어가는데 여기에는 미꾸라지, 붕어, 피라미도 살았다. 촌놈인 내가 그 광경을 보고 어찌 기쁘지 않았겠는가. 거기다 우리 공법이 들어간 타이밍이 기가 막혔다. 심한 가뭄이 든 것이다. 지하수마저 고갈되었던 수십 년만의 가뭄이이라고 했다. 다른 지역에서는 물이 없어서 벼농사를 짓느니 못 짓느니 할 때 연구소 주변의 농민들은 그런 걱정 없이 농사를 지었다. 매일 수천 톤의 깨끗한 물이 흘러나오니 걱정할 일이 없었던 것이다. 그걸 보고 촌놈인 내가, 가뭄이 들 때

어른들 이마에 깊은 골이 생기는 걸 보면서 자란 내가 어찌 기쁘지 않았겠는가. 간척지라 원래부터 물이 부족한 천수답이었고, 그래서 가뭄이 들면 농민들은 하늘만 쳐다봐야 했다. 우리 공법이 들어간 이후에는 연구소만 쳐다보면 되었다.

사람들은 '그만 하면 됐다.' 고 말했다. 두세 달에 한 번 리필해 주는 게 뭐 그리 번거로운 일이라고 더 연구를 하느냐고 했다. 그래도 나는 만족하지 못했다. 더 편리하게 만들고 싶었다. 정화시설이야 담당 직원이 상주하면서 계속 관리를 해줘야하지만 적어도 미생물에 관련해서는 까맣게 잊어버려도 되게 만들고 싶었다. 10년 동안 천천히 녹아내리는 덩어리를  만들고 싶었다. 남양주연구소에 들어가고 나서도 계속해서 '별 짓' 을 되풀이했다. 그러다가 기존의 방법과 완전히 다른 아이디어가 떠올랐다. 필요의 힘은 놀랍다. 밥 먹을 때도, 잠을 잘 때도 그 생각을 하니 방법이 떠올랐다. 그 방법을 여기서 밝히면서 자랑을 좀 하고 싶은데 그럴 수 없다. 특허가 있는 기술이고 우리 미생물과 몰딩 기술을 가지고 사업을 하는 기업이 있다. 안타깝지만 여기서는 그냥 각고의 노력 끝에, 수십 가지의 방법을 시도한 끝에 개발했다는 말로 자랑을 대신한다.

미생물을 덩어리로 만든 것에 우리는 '바이오 클러드' 라는 이름을 붙였다. 바이오 클러드는 지금 10년을 간다. 10년에 한 번만 리필해주면 되는 것이다. 바이오 클러드는 겉으로 보면 꼭 콘크리트 덩어리 같다. 이게 물살이 센 폭기조 안에서 천천히 녹아내리는 것이다.

콘크리트 같은 덩어리 안에 있는 미생물이 어떻게 오수를 정화하느냐고 궁금할 것이다. 물기가 전혀 없는 곳에서 미생물은 어떻게 살 수 있는 것인가 하고 말이다. 그래서 미생물은 놀랍다. 미생물은 서식 환경이 나빠지면 포자 상태로 변신을 한다. 스스로 씨앗 같은 상태가 되어 버리는 것이다. 그러다가 다시 환경이 좋아지면 원래대로 돌아온다. 우리가 '미생물 씨앗'을 영하 70도의 냉동고에 보관해두고서 꺼내 쓸 수 있는 것도 이런 성질 덕분이다. 그래서 미생물은 유용하기도 하고 위험하기도 하다.

2001년 우편물을 이용한 테러가 미국을 발칵 뒤집어 놓았던 사건을 기억할 것이다. 테러범들은 밀가루 같은 분말에 탄저균을 섞어서 정치인이나 유명인 등에게 보냈다. 한 사람을 상하게 하는 것도 무서운데 더 끔찍한 일은 이게 공기 중으로 퍼지는 것이다. 공기 중에 퍼진 탄저균은 죽지 않는다. 적당한 환경이 될 때까지 사람들 사이를 떠돌아다닌다. 우리가 사용하는 미생물과 테러에 쓰인 탄저균은 같은 바실러스균이다. 병원성과 비병원성으로 나뉘는데, 청국장균처럼 비병원성은 대단히 유용하지만 병원성은 대단히 위험하다. 어쨌든 미생물의 강인한 생명력 때문에 덩어리로 뭉쳐서 이용하는 게 가능한 것이다.

사실 우리 바이오 클러드가 10년보다 빨리 녹을지 더 오래 갈지 아직은 모른다. 개발한 지 10년이 되지 않았기 때문이다. 실험으로 해보니 한 달에 이만큼 녹으니까 10년은 가겠구나 하는 것이다. 지금 현장에 적용된 것들을 보면 10년을 더 갈 것 같기도 하다.

내가 10년을 간다고 자랑하면 사람들은 무슨 그런 바보 같은 짓을 했느냐고 핀잔을 준다. 우리 기술로 사업을 하는 기업에는 내 지분도 들어가 있고 장사가 잘되면 로열티 수입도 생긴다.

'장사를 하려면 두세 달에 한 번, 그게 도저히 용납이 안 되거든 1년에 한 번만 갈아주는 걸 만들어도 누구도 비난하지 않을 거다. 그런데 10년이라니. 그런 걸로 무슨 사업을 하느냐.'

이게 사람들이 하는 말들의 요약본이다. 그럴 때 내 답은 한결같다.

"저는 공직자인데요."

비록 내 지분이 들어가 있고 로열티도 받지만 그것은 부수적인 것이다. 내 중심은, 내가 충실해야 할 역할은 공직자이다. 나라의 녹을 먹는 사람이 내 돈 벌자고 그렇게 할 수가 없다. 더구나 우리 공법은 대부분 공공시설에 들어간다. 다 세금으로 운영되고 곳인데 공직자라는 사람이 그런 사실을 외면할 수 없다. 최대한 유지 관리비가 적게 들게 하는 것이 내 목적이었다.

그래도 순수하게 바이오 클로드로 생기는 매출만 매년 40~50억 원은 된다. 내가 10년을 잠정적인 목표로 잡았던 것은 다 이유가 있다. 강산이 변하는 10년이 아니라 모든 설비들이 노후화되어서 교체를 하거나 보수를 해줘야 하는 기간이 보통 10년이다. 그때 시설을 교체, 보수하면서 바이오 클로드도 리필해주면 '이 아니 좋겠는가.'

바이오 클로드를 개발할 때 수십 가지 시도를 해봤다고 했다. 수십 가지 방법으로 만들어보았으니까 거기서 변형된 것들까지 포함하면 그 수를 헤아리기 힘들다. 그 중 대부분이 하루 만에 녹아버렸다. 고생 끝에 만든 것을 설레는 마음으로 모형 반응조에 넣고 다음날이 되면 누가 훔쳐간 것처럼 덩어리가 보이지 않았다.

'이 방법은 될 거야, 안 되는구나, 그럼 저 방법으로, 이것도 안 되는구나.'

이 과정을 반복, 또 반복한 것이다. 그래도 나는 이상하게 이런 일을 할 때 힘이 난다. 새로 일을 벌이고 뭔가를 찾아야 할 때는 흥분도 된다. 꼭 시골에 살 때 미꾸라지를 잡으러 갈 때의 기분 같다.

'저 도랑에 가면 미꾸라지가 많을 거야, 없네, 그럼 저기로 가 볼까, 별로네, 그럼 저기로.'

그렇게 미꾸라지를 찾아 이 도랑 저 도랑을 헤매다보면 하루가 순식간에 흘러갔다. 그리고 즐거웠다. 늘 '미꾸라지 잡으러 가는 기분' 으로 연구를 하고 있고 그래서 재미있고 행복하다.

## 잘못 끼워진 단추를 바로잡는 일

농촌을 생각하는 내 마음은 항상 애틋하다. 농촌에서 만나는 분들은 그냥 촌부가 아니다. 나는 그분들에게서 부모님과 마을의 친척 어른들을 발견한다. 시골에서 농사를 짓고 있는 내 친구들과 선후배들을 발견한다. 이런 내가 축산농민들에게 오해를 산 적이 있다. 오해 정도가 아니라 축산업계가 지목한 '공공의 적' 이었다.

축산분뇨의 처리 방안을 놓고 갑론을박할 때였다. 공청회를 하면 축산 쪽 단체나 농림부에서는 무조건 액비로 가겠다고 고집을 부렸다. 액비란 액체 상태의 비료를 말하는 것인데 가축의 오줌을 탱크에 모아 뒀다가 논이나 밭에 뿌려주자는 것이 그들의 주장이었다. 반면 나는 똥은 잘 분리해서 퇴비로 만들고 나머지 오줌과 찌꺼기는 정화조로 분해를 시켜야 한다고 주장했다. 내가 이런 주장을 하면 당장 '당신이 그걸 개발했으니까 그런 거 아니냐.' 고 비난했다. 그러나 이것은 정화조에 들어가는 돈을 아껴보려는 뜻에서 나온 억지에 불과했다.

액비는 농작물의 싹이 나기 전에 뿌려줘야 한다. 싹이 났을 때 뿌리면 농작물이 말라죽는다. 시골에서 가축분뇨나 인분을 짚 따위와 섞어서 썩히는 것도 다 그 이유 때문이다. 싹이 나서 수확기까지는 뿌리지 못하기 때문에 그 동안은 탱크에 모아야 한다. 그렇게 계산하면 돼지

한 마리 당 1톤의 탱크가 필요하다. 도저히 불가능한 이야기다. 말은 그렇게 해놓고 비가 오면 몰래 버리려는 속셈이었다. 시골 출신인 내가 나 좋자고 농촌 사람들을 힘들게 하는 주장을 할 수야 없다. 장기적으로 보면 그게 축산업을 살리는 길이다.

"돼지 한 마리 당 1톤의 탱크가 필요한데, 그걸 농가에 들여놓을 수 있습니까? 결국 몰래 버리겠다는 거고 그걸 정부가 모를 것이며 지역 주민들이 모르겠습니까. 이렇게 축산농가에서 환경에 부담을 주면 국가 전체적으로 봤을 때 공공부담이 늘어납니다. 그러면 정부에서 축산물을 수입해 옵니다. 축산농가의 기반이 흔들리는 겁니다. 당장 조금 부담이 되더라도 멀리 봐야 합니다."

이렇게 말하고 나면 그때는 조용하다가 또 시간이 지나면 같은 주장을 반복하곤 했다. 오랜 논쟁 끝에 내 생각대로 정책이 바뀌었다. 지금까지의 이야기는 모두 과거에 환경에 대한 개념이 없을 때의 일이다. 이제는 대부분 대규모로 하고 있고 분뇨는 대규모처리장으로 가져가 처리한다. 이런 갑론을박이 더 이상 필요 없게 되었다는 뜻이다.

과거에는 돼지나 소 등을 키우는 농가들의 98%가 영세농들이었는데 시간이 지나면서 대규모로 바뀌게 되었다. 한두 마리 키워서는 채산성이 나오지 않는 까닭이다. 그래서 내가 개발한 축산정화조는 그 쓰임새가 많이 줄었다. 세상이 바뀌고 있으니 나도 연구 과제를 바꿔야 한다.

2000년대 초부터 환경부에서 수억 원의 연구비를 받아 대규모 처리 시설에 대한 연구도 시작했다. 대규모 처리 시설은 정말 대규모인데, 일정한 지역에서 나오는 모든 가축분뇨를 한 곳에서 처리하는 방식이다. 수년 동안 연구실에서 실험을 한 후에 내가 개발한 공정은 경기도 양평에 10톤 규모로 실험시설을 만들었고 이후에 경남 합천군에 처음으로 들어가게 되었다. 2006년이었는데, 하루에 150톤을 처리할 수 있는 어마어마한 규모다. 합천에서 나오는 축산분뇨는 모두 처리하는 규모다. 예산도 100억 원 이상 들어가는 사업이었다.

우리 기술을 가지고 간 벤처 기업에서 수주를 한 것이고 나는 기술 고문으로 보고를 받고 있었다. 규모는 다르지만 이미 한 번 설치한 공법이라 그런지 순조롭게 진행되고 있다는 보고를 받았다. 공사가 끝나고 시험가동을 할 때쯤 그래도 현장을 한 번 봐야겠다는 생각이 들어서 합천에 내려갔다. 이해를 돕기 위해 설명을 덧붙이자면 공법제안은 우리가 했지만 현장에서 실제로 구현하는 것은 설계사와 건설회사가 한다. 설계사는 우리 공법이 제시한 조건을 만족시키는 설계를 하고, 건설사는 설계대로 시공하게 되는 것이다.

현장에 갔을 때 나는 입이 벌어졌다. 설계에 치명적인 문제가 있었다. 미생물도 호흡을 한다. 우리 입김이 따뜻하듯이 미생물도 분해를 하면서 많은 열을 발생시킨다. 오염물의 농도가 높을수록 열은 더 올라간다. 일반 하수면 괜찮은데 오염도가 높은 축산분뇨다. 그런데 폭기조가 폐쇄된 구조로 되어 있었다. 내 공법에는 분명히 온도가 올라가지 않도록 폭기조를 열어두게 되어 있었다. 폐쇄된 구조에서는 온도가 높아지고 그러면 미생물이 살 수가 없다. 25~30도가 미생물들이 잘 활동하는 온도인데 현장에 가보니 40도 이상 올라가고 있었다. 나에게 순조롭다고 보고를 했던 직원은 환경 쪽에 대한 지식이 없는 사람이었다. 그러면서 불성실하기까지 했다. 나중에 알고 보니 현장에 가지도 않고 갔다 왔다고 보고하기도 했었다. 사태를 수습할 엄두가 나지 않았던 그는 내가 내려간 뒤에 회사를 그만둬버렸다.

설계사에게 '왜 폭기조를 오픈하지 않았느냐?' 고 물어봤더니 혐오시설이라서 그랬다고 했다. 그들은 중간 중간에 맨홀만 만들어놓고 나머지는 잔디로 덮어놓고 있었다. 그렇게 해놓으면 우선 미관상 보기는 좋겠지만 본질을 흐리는 방식이다. 뻔히 있는 것을 없는 척한다고 없어지는 게 아니다. 오히려 정화되는 과정을 보여주고 미생물을 이용하면 냄새도 나지 않는다는 것을 보여주는 것이 합리적인 행동이다. 애들이 와서 보면 교육적으로도 좋을 것이다.

미생물에 대한 설명을 했더니 설계를 맡은 측에서는 '다른 공법들은 다 뚜껑을 닫아둬도 괜찮은데 왜 박사님 공법만 그렇게 유난이냐.' 는 식

합천군 가축분뇨

리장 중앙감시센터

으로 대꾸했다. 원인을 따져 들어가면 그들에게는 큰 잘못이 없다. 상당수 처리 공법들이 이상한 방법을 쓰고 있었다. 분뇨를 처리한 다음 거기서 바로 강물로 방류하는 게 아니라 다시 관을 연결해서 하수처리장으로 보내는 것이다. 이렇게 하면 해당 처리장에서 제대로 정화가 되고 있는지 알 방법이 없다. 그래서 여기서 처리한 것은 여기서 방류하자는 것이 내 주장이었다. 물론 단독으로 방류하면 확실하게 해야 하기 때문에 부담은 있다. 때로 기준을 만족시키지 못하면 고발을 당하기도 한다. 공법을 만드는 입장에서, 설계를 하는 입장에서 그런 부

• 대만에 수출되어 현장에 설치된 축산정화조

담은 당연히 짊어져야 한다.

그대로 놔두고 오면 처리가 제대로 되지 않을 것이 분명했다. 그리고 합천의 축산분뇨처리장은 단독방류였다. 만약 방류 기준을 만족시키지 못하고 그로 인해 소송이 걸리면 내 공법을 무단으로 변경한 설계회사 측의 잘못으로 결론이 날 것이다. 문제는 그 전이다. 일단 소송이 걸리면 몇 년을 씨름해야 하고 그 사이에 '박완철이 공법이 문제가 있어서 소송에 들어갔다더라.' 는 말이 돌게 된다. 사람들은 안 되는 이유는 생각하지 않고 안 된다는 사실만 갖고 나를 비난할 것이다. 그게 싫었다. 수십 년간 쌓아온 내 개인의 명예뿐 아니라 키스트의 명예도 걸려 있는 문제다.

결자해지라고 했다. 그런데 보고를 제대로 하지 않은 결자는 도망을 가버렸고 설계회사라는 결자는 '우리는 인가가 난 대로 설계했다.' 며 버티고 있었다. 방법이 없었다. 내가 풀어야 할 문제였다. 당장 서울로 가서 짐을 챙겨 내려와 근처에 모텔을 잡았다. 준공식이 4~5개월 정도 남아 있었지만 내게는 당장 내일이 준공일인 것처럼 조급했다. 일반 건물과 달리 환경처리 시설은 가동을 한 뒤에 처리 기준을 맞추는 것을 준공이라고 한다. 어떻게 해서든 예정된 준공 기일에 차질이 없도록 해야 했다.

다른 소소한 문제들도 있긴 했지만 폭기조가 개방만 되어 있었다면 일이 그렇게 어렵지는 않았을 것이다. 일정한 온도 이상 올라가지 않게 관리를 하려니까 유입되는 분뇨의 양을 조절하는 등 신경을 써야할 것들이 많았다. 또 어디서 들어오는 똥이냐에 따라 크고 작은 성분 차이가 있기 때문에 여기에 맞춰 이것저것 조절해야 했다. 때로는 돼지털 같은 것을 미리 걸러주는 장치가 제대로 작동하지 않아서 기계에 문제가 생기기도 했다. 그 시기에 돼지콜레라 같은 전염병이 돌기도 했다. 그러면 아무래도 소독약을 많이 쓰게 되고 그게 분뇨에 그대로 섞여서 들어온다. 미생물에게는 아주 좋지 않은 환경이 된다.

모두 퇴근하고 난 밤에 혼자 앉아 있으면 기계 소리만 윙윙 났다. 내가 잘못한 거면 억울하지나 않을 텐데, 다른 사람들이 친 사고를 내가 수습을 하려니 화가 나고 좌절감이 생겼다. 사고를 쳐놓고 나 몰라라 도망친 직원도 미웠고 현장의 직원들과 생기는 소소한 인간적 갈등도 힘들었다. 아주 가끔 좋은 공부를 한다는 생각도 들었지만, 살면서 다시는 겪고 싶지 않은 일이었다. 그렇게 온갖 생각과 감정들에 휘둘리다가 매 시간 미생물 상태를 체크했다. 자정 무렵이 되어서야 모텔로 돌아갔고 새벽 4시에 다시 나왔다.

새벽에 나오면 한 여름인데도 맨홀에서 김이 '슉슉' 올라오고 있었다. 하루에 네댓 시간밖에 자지 못했다. 이전까지의 연구는 스트레스도 없지 않았지만 기본적으로는 재미가 있었다. 하지만 합천에서의 일은 아니었다. 고통이 이만저만이 아니었다. 자다가 다리에 쥐가 나기도 했는데, 어린 시절 후로는 없던 증상이었다.

밤에는 미생물들 돌보고 낮에는 잘못된 부분에 대한 보수를 요구했다. 그쪽에서는 문제가 없다고 버티고 그러면 또 갈등이 생겼다. 설계사들은 자신들도 전문가라며 내 말을 쉽게 들어주지 않았다. 주로 미생물하고 지내왔던 내게 현장의 일은 참 어렵고 힘들었다. 현장이라는 건 이렇구나 하고 뼈저리게 느낀 시간이었고 10년 전에 이런 경험을 했더라면 참 좋았을 거라는 생각도 했다.

6개월 만에 겨우 준공식을 할 수 있는 시스템을 맞추었다. 준공식이 끝난 이후에 뚜껑을 덮어두어도 괜찮다던 설계회사 측은 내가 올라오고 난 뒤에 냉각기를 달았다. 개방만 해놓으면 될 일을 어렵게 한 것이다. 그 때의 일이 교훈이 되어서 이후에는 우리 공법이 들어가는 데는 철저하게, 실수하지 말라고 당부 또 당부하고 있다. 그리고 반드시 현장을 확인하게 되었다. 나이가 들어서 많은 추억을 남긴 곳이 합천이다. 잘못 끼워진 단추를 바로잡는 일은 처음부터 시작하는 것보다 어려웠다. 돌아보면 재미있기도 한데, 다시 하고 싶지 않은 경험이다.

# 4 마지막 순간까지 현역으로

KSST 동성오수분뇨합병정화조
연구개발 : 한국과학기술연구원(KIST)
제조판매 : 동 성 실 업

## 환경은 정책이 중요하다

누구든 한 분야에서 오래 일하다 보면 제도 개선의 필요성을 절감하게 된다. 법안을 발의하는 정부나 국회의 사람들은 아무래도 수박의 겉만 아는 사람들이 많다. 더러 무능하거나 책임을 방기하는 사람들이 없는 것은 아니지만 그보다는 현장에 있는 사람이 아니면 느끼기 어려운 점들도 있다. 분통만 터뜨리고 있으면 정신 건강에 해롭고 개선해 보겠다고 나서면 정신과 더불어 몸도 괴롭다. 그래서인지 술자리에서 성토하는 것으로 분풀이를 하고 마는 사람들이 많은 것 같다. 나서봐야 손해라는 생각이다. 촌놈이라서 그런지, 그런 손익계산에 어둡다. 불합리한 게 보이면 일단 나서야 직성이 풀린다. 그런 성격 때문에 90년대 중반에 고생을 많이 했다.

94년, 국회환경포럼에 자문위원으로 활동을 하게 되었다. 김상현 의원님(굳이 '님' 이라는 호칭을 붙이는 것은 내 존경의 표현이다.)이 주도적으로 만든 모임인데, 김 의원과는 92년부터 환경 관련을 자문을 해주면서 인연을 맺고 있었다. 환경포럼은 이름에서 드러나듯이 국회의원들이 환경문제에 대해 의논을 하고 법안을 만드는 모임이다. 매주 금요일 아침 7시에 소속 의원들과 자문위원들이 모여 커피와 간단한 식사를 놓고 환경에 대한 법안을 놓고 토론을 했다. 그 과정에서 내가 주장한 것이 하수도 정비와 '발생원처리 원칙' 이다.

지금은 굉장히 많이 개선이 되었지만 10년 전만 해도 하수도가 엉터리였다. 집에서 하수가 나올 때와 하수처리장에 도착했을 때의 농도는 비슷해야 한다. 그런데 하수관이 신묘한 마법을 부려서 집에서 나올 때는 200ppm이던 것이 처리장에 도착할 때는 30~40ppm으로 떨어졌다. 하수관이 신묘한 마법을 부릴 수 있었던 것은 여기저기가 깨져 있었기 때문이다. 깨진 곳으로 하수가 흘러나가고 또 그곳으로 지하수가 스며드니까 농도가 낮아질 수밖에 없었다.

"하수처리장이 아무리 좋으면 뭐합니까, 관이 좋아야지. 우리는 처리장에 들어가는 돈의 30%만 하수관에 쓰는데 일본은 반대로 처리장의 3배를 하수관에 들입니다. 여기서 빠지고, 저기서 빠지면 하수처리장을 가동하는 의미가 없습니다."

줄기차게, 기회가 있을 때마다 하수관을 우선적으로 보수해야 한다고 주장을 했다. 이후로 하수관에 집중적으로 투자를 해서 지금은 집에서 나갈 때와 하수처리장에 도착했을 때의 농도가 20~30ppm정도밖에 차이가 나지 않는 곳이 대부분이다. 물론 나만의 공은 아니다. 이런 주장을 펴는 사람이 나만은 아니었고 또 이 주장을 정책으로 추진한 분들이 있었기에 가능한 일이다. 그래도 일정부분 정책적인 역할을 했다는 데 자부심을 가지고 있다.

• 황산성 전 환경부장관의 연구실 탐방

발생원 처리 원칙은 앞서 설명한 대로 오염물이 발생되는 곳에서 정화를 하자는 것이다. 외딴집까지 하수관을 연결할 수 없다는 것이 첫 번째 이유다. 두 번째 이유는 하수처리장이 대부분 큰 강 근처에 있다는 것이다. 지하수를 끌어 쓰든, 수돗물을 이용하든 간에 가정에서 사용하는 모든 물이 하수관을 타고 하수처리장으로 모인다. 가정에서 쓰고 남은 물이 강으로 흘러가야 하는데 그러지를 못하니까 상류지역은 물이 부족하게 된다. 발생원에서 어느 정도 처리를 한 다음 흘려보내면 상류에도 물이 부족하지 않게 된다. 정화가 되어서 나온 하수는 1,2km 정도 흘러가면서 자연적으로 깨끗해진다.

나는 현장에서 일하는 자문위원이고 그래서 원래는 이렇게 주장하는 것까지가 내 역할이다. 그러면 김상현 의원을 비롯한 환경포럼회원 국회의원들이 법을 만들어야 한다. 그러면 그 법을 보고 나 같은 자문위원이 '자문' 을 해주는 것이 보통의 순서다. 그런데 일이 이상하게 풀렸다.

"그러면 박사님께서 잘 아시니까 한번 만들어보시는 건 어떻습니까?"

사람이 미련하면 고생을 하는 법이다. 고사를 했어야 하는데 법도 모르면서 덜컥 하겠다고 대답을 해버렸다. 그 때부터 '정화조법' 을 만들기 위한 고난이 시작되었다. 정화조 관련법이 잘 정비되어 있는 일본의 법령과 다른 외국의 사례도 번역해서 참고로 삼았다. 6개월여 동안 매일 야근이고 집에 가지 않는 날들도 많았다. 어떤 날은 연구실에서 밤을 새고 바로 이른 아침에 열리는 포럼에 나가기도 했다. 이제야 이실직고한 셈이 되는데 아내는 지금까지 내가 '그 짓' 을 하느라 밤을 새고 들어온 줄을 모르고 있다. 그냥 평소대로 똥하고 놀고 미생물하고 노느라고 그런 줄 알고 있다. 젊을 때여서 체력적으로 그렇게 힘든 줄은 몰랐는데, 더러 코피가 났다. 나 스스로 중요한 일을 한다는 자부심 때문에 에너지가 솟았던 것 같은데 실제로 몸은 굉장히 힘들었던 모양이다.

고생고생해서 만들었고 공청회까지 했는데, 환경부의 반응은 시큰둥했다. 왠지 내가 안 해도 되는 일을 만들어서 사람을 귀찮게 하는 요주의 인물이 되어버린 것 같았다. 그래도 국회의원이 열 명이 넘으니까 대놓고 반대하지는 못했다. 다만 법이 너무 많으니까 따로 정화조법을 만들지 말고 그 중 일부를 발췌해서 기존의 환경법에 넣는 것이 좋겠다고 했다. 그래도 핵심적인 내용은 들어갔다. 그 때 만든 법이 근간이 되어서 마을하수 처리장을 만드는 등 발생원 처리 쪽으로 정책의 방향이 바뀌었다.

국회의원의 당연한 의무이기는 하나 그래도 환경하는 사람 입장에서 당시 의원들이 보여준 의지는 참 고마웠다. 특히 김상현 의원은 대단히 열정적이었다. 매주 금요일 모이는 것으로도 모자라 나하고 다니면서 정화조 뚜껑을 열어서 냄새를 맡아보기도 했다. 그런데 2000년 납득할 수 없는 일이 일어났다. 총선시민연대에서 김 의원을 공천부적격자로 발표한 것이다. 시민연대에서 공천부적격자로 발표한 사람들 중에는 마땅히 낙선해야 할 사람도 없지 않았다. 그러나 김 의원은 아니었다. 그들이 부적격의 사유로 내세운 것도 법원에서 무죄를 받은 사안이었다. 내가 이해할 수 없는 정치적인 무엇인가가 있었던 게 아닌가 생각된다.

내 몸 하나 잘 보전하자면 지인들과의 자리에서 성토하고 끝내야 하는데 또 그러지를 못했다. 그냥 있을 수가 없었다. 부당함을 호소하는 연판장을 돌렸다. 김 의원의 억울함을 아는 많은 분들이 회신을 보내오셨다. 안국동 총선연대에서 기자회견까지 했는데 단식투쟁을 하고 있던 김 의원은 도리어 내 걱정을 했다.

"공직에 계시는데, 그러지 마세요."

"그런 말씀 마세요. 설마 이거 갖고 어떻게 하겠어요? 아니면 농사지으면 됩니다."

나에게는 아무 일이 없었지만 김 의원의 억울함은 풀리지 않았다. 시민연대 측에 공개토론도 제안했는데 무슨 이유에선지 응하지 않았다.

다른 분야도 마찬가지지만 특히 환경 문제는 정책이 굉장히 중요하다. 사람들의 인식이 먼저냐, 정책이 먼저냐고 묻는다면 나는 자신 있게 정책이라고 답한다. 개인의 양심과 양식에 맡겨두기에는 환경은 너무나 중요한 문제이고 또 개인이 한다고 해도 정책적으로 뒷받침되지 않으면 한계가 분명하다. 국민들의 의식이 고쳐져야 하는 것은 맞는데 솔직히 그것은 지엽적인 문제다. 예를 들어 음식물분리배출이 제도화되기 전에 환경 문제에 지대한 관심을 갖고 있는 사람이 스스로 음식물을 분리하기로 마음을 먹었다고 하자. 가정에서야 얼마든지 분리할 수 있겠지만 그것을 처리할 방법이 없다. 반대로 환경은 어떻게 되든 관심이 없는 사람도 제도가 바뀌면 분리배출을 당연한 것으로 여기게 된다. 또 하수관 개선처럼 막대한 돈이 들어가는 부분은 개인의 영역을 벗어나는 것이다. 그래서 환경문제를 이야기하면서 정부정책을 빼고 사람들의 의식 개혁만을 강조한다면 진실과는 거리가 먼 주장이다.

환경 정책은 장기적인 안목이 필요하고 조심 또 조심해야 한다. 어떤 정책은 한 세대에게만 영향을 미치지만 환경 정책은 몇 세대를 넘어 다시 회복할 수 없는 재앙을 불러올 수 있기 때문이다.

요즘 환경 문제와 관련된 최대의 이슈는 단연 4대강이다. 이런 민감한 문제 역시 술자리 성토로 끝내야 하는데 걱정이 많은지라 말을 하지 않을 수 없다. 결론부터 말하면 나는 4대강 사업 자체를 반대하지 않는다. 이 사업을 10년 전에 했다면 오수처리장 같은 기초시설이 부족하기 때문에 진짜 문제가 될 수도 있었다. 또 시기적으로 한 번 정비를 해줄 때도 되었다. 영산강은 오염이 많이 되었기 때문에 특히 더 그렇다. 그러나 보를 설치하는 것은 아니다. 보를 설치하더라도 기초시설이 되어 있기 때문에 심각한 오염이 생기지는 않을 것이다. 그러나 환경은 모른다. 예상하지 못한 변수나 돌발적인 사고가 생겨서 오염이 되면 보는 치명적인 문제가 된다. 기본적으로 강은 흘러야 한다. 오염도를 이야기할 때 항상 산소요구량을 이야기를 하는데 강물이 흐르는 것 자체가 산소를 공급하는 과정이다. 가장 '자연' 스러운 정화방법인 것이다.

또 하나는 앞에서 이야기했던 '조심 또 조심' 하는 태도에 대한 문제다. 내 생각은 해당 지역 주민들도 영산강의 정비를 원하는 것으로 알고 있고, 정비의 필요성이 있는 영산강이나 낙동강을 실험적으로 하는 것이 좋겠다는 것이다. 일단 해놓고 좋아졌다고 하면 자연스럽게 4대강 정비에 대한 공감대가 형성될 것이다. 그러면 그 다음 대통령이 또 다른 강을 하나 하고 그 결과에 대한 과학적인 판단을 받아보면 된다. 그렇게 단계적으로 가는 것이 옳다. 하나 덧붙이자면 부영양화의 주요 원인인 인을 잡는다고 막대한 돈을 들이고 있는 것도 답답한 일이다. 구체적인 기술이 정립된 것도 아닌 상태에서 돈을 쏟아 넣으면 장사꾼들의 농간에 넘어가는 것밖에 안 된다.

사람은 누구나 자신이 어떤 일을 시작하면 스스로 마무리를 짓고 싶어진다. 그래서 때로는 무리를 하게 되는 것이다. 정부 정책을 추진하는 사람들도 예외는 아니다. 정치인뿐만이 아니고 공무원들도 어떤 정책을 추진하면 자기가 그 자리에 있을 때 마무리를 지으려고 한다. 일을 마무리 지었다는 업적이 필요하기도 할 것인데, 진정한 업적은 초석을 마련하고 방향을 잡는 것이다. 그것만으로도 충분하다. '보여주기 위한 정책' 은 모두에게 재앙이 될 뿐이다.

## 선진국 일본은 공해병도 선진국이다

정책 이야기가 나온 김에 환경관련 정책의 선진국이자 공해병에서도 선진국인 일본의 사례를 살펴보자.

나는 해마다 일본에서 환경오염으로 유명한 지역들을 다니는데 울산공단에 있는 기업들의 환경부서장과 함께 20년 가까이 하고 있는 일이다. 일본의 환경오염은 어떻게 시작되었고, 어떻게 극복을 하였는지를 살펴보기 위해서다. 배울 건 배우고 잘못된 것은 반면교사로 삼자는 것이다.

매년 항상 가는 곳이 앞서 언급한 일본 공해의 해결지인 미에현의 요가이치 석유화학단지이다. 이곳은 울산공단과 유사하게 석유화학 공단이 들어서 있다. 세계적인 대기오염피해 사례로 꼽히는 요가이치 천식피해사건이 발생한 지역으로 2차 대전 때 가미가제특공대를 양성한 소년병학교가 있던 일본 동해안 태평양 연안의 공업도시이다. 내가 공해 연구를 위해 85년에 6개월간 연수를 했던 미에대학(공해관련 연구로 세계적으로 유명한 대학이다.)과 인접한 도시다.

요가이치 천식피해는 1963년부터 본격적으로 발생하여 면역력이 약한 노인과 어린이들이 천식으로 인하여 사망하게 되었는데 석유화학 공단에서 발생한 아황산가스의 피해를 받았기 때문이다. 실험실에서 아황산가스에 노출된 몰모트가 좌심실보다 우심실이 작아지는 현상이 발생하여 죽음에까지 이른다는 충격적인 사실을 인근 대학의 연구팀에서 밝혀냈다. 물론 사람도 아황산가스에 오랫동안 노출되면 같은 결과가 나타난다는 것도 밝혀냈다고 한다. 환경오염의 무서움을 실감하는 지역이다. 그러나 여중생 미나미 양이 죽은 이후 공해방지시설을 대대적으로 설치하여 아주 깨끗한 도시가 되었다. 울산도 과거에 비하여 아주 깨끗한 도시가 되었다.

일본에서 가장 가슴 아픈 공해사건은 미나마따병이다. 구마모도현 미나마따 시는 아주 아름다운 미항이다. 벚꽃 피는 3월말경은 더욱 절경이다. 이 아름다운 도시 미나마따의 비극은 1958년 아세트알데히드라는 화학물질을 생산하는 일본질소공장이 가동되면서 시작되었다. 이 공장에서 배출되는 메틸수은이라는 중금속이 인근 미나마따만으로 배출되면서 죽음의 바다, 죽음의 도시가 되어버린 것이다. 미나마따병은 우리가 흔히 알고 있는 먹이사슬의 방식에 따라 진행됐다. 바다로 배출된 폐수 속의 수은을 플랑크톤이 먹고, 그 플랑크톤을 물고기가 먹고 결국 인간이 물고기를 먹음으로써 수은중독증이 발생한 것이다.

미나마따에서 많은 수은중독환자가 발생한 것은 이곳이 농경지가 아주 적은 바닷가 오지이기 때문이다. 곡류보다는 바다에서 잡은 물고기가 주식이었기 때문에 피해가 심했다. 당시 지역 주민들은 공장이 들어오면 먹고살 길이 열리는 줄 알고 일본질소 공장의 입주를 환영했다. 그것이 큰 재앙이 될 줄은 아무도 몰랐다. 공장 가동 후 수년, 처음에는 소리를 지르는 미친 고양이들이 많아져 다들 의아했다고 한다. 고양이들이 사람이 먹다버린 물고기를 먹고 먼저 수은 중독이 된 것이다. 아무도 이 사실을 몰랐다. 수은중독이 되면 고양이건 인간이건 간에 중추신경이 마비되어 손발에 감각이 없고 시각 및 언어장해가 오는데 이런 사실들을 몰랐던 것이다.

인근에 명수원이란 미나마따병 치료병원이 있는데 그곳에는 아직도

50년 전에 어머니의 뱃속에서 수은중독이 되어 태어난 환자들이 입원하고 있었다. 아직도 18세 청년 같은 모습으로 간호사가 먹여주는 식사를 하면서…. 정말 처음 그곳에 가서 이런 광경을 보고 인간이 추구한 것이 과연 이런 것인가 하고 많은 눈물을 흘렸다. 공장도 지역주민도 수은중독이 얼마나 위험한지를 몰랐다. 그 당시 발전소도 소유한 일본 최대 재벌이던 일본질소는 이 공해사건 하나로 쇠락의 길로 접어들었다.

명수원의 원장은 60년대 미나마따병 유무를 판단하는 의사였는데 그 당시에는 마땅한 검사방법이 없었다. 그래서 바늘로 손가락을 찔러 통증이 없는 사람만 공해병 환자로 인정했다고 한다. 수은중독이 되면 감각기능이 마비되어 통증이 없기 때문이다. 공해병 환자로 인정된 사람들에게 월 20~30만 엔 정도의 보상금을 지급하였다고 한다. 그 지역에 일정 기간 이상 거주한 사람은 증상의 경중은 있더라고 다 피해를 보았기 때문에 다 보상을 해주는 것이 타당치 않느냐고 물었더니 동감을 하였으나 그 당시 사정에서는 최선의 방법이었다고 이야기하였다.

한국에 돌아온 후 내가 자주 가는 울산의 MBC 기자들에게 일본의 공해사례를 타산지석으로 삼을 수 있는 특집프로를 만들자고 제안했다. 1주일간의 취재일정을 잡아 김종걸 기자(현재 울산방송사장), 오석규 기자와 함께 일본에 같이 갔다. 섭외와 통역, 인터뷰 1인 3역으로

• 미나마따병 환자를 치료하는 명수원 원장님과

〈일본은 공해를 어떻게 극복하였는가?〉라는 50분짜리 특집프로를 만드는 데 관여하였다. 힘은 들었지만 나름대로 사명감이 있어 보람이 있었다. 20년 전의 이야기니 지금보다 카메라도 크고, 경비도 적어서 주로 지하철로 이동했다. 취재를 하는 동안 오석규 기자는 비싼 카메라를 잃어버릴까봐 걱정하느라, 무거운 카메라를 들고 다니느라 고생을 많이 했다. 하긴 나와 김종걸 기자도 짐꾼 역할을 하였으니 크게 다를 것은 없었다.

아름다움으로 기억되었어야 할 미나마따는 11,000여명의 공해병 환자가 발생한 죽음의 도시로 기억되고 있다. 지금은 오염된 바다를 매립하여 환경공원으로 조성하였고, 바다 먼 곳에 있는 물고기들이 오염된 근해로 오지 못하도록 그물을 쳐놓았다. 이러한 사실들을 읽고 듣고 보면서 환경을 연구하는 나의 정체성을 찾은 것 같다.

가장 어리석은 사람은 자기가 한 실수를 두고두고 되풀이 하는 사람이다. 현명한 사람은 자기가 한 실수를 반복하지 않을 뿐 아니라 다른 사람의 실수를 통해 배운다. 일본이 먼저 겪은 공해병은 물론이고 최근 일어난 원전사고 역시 우리가 타산지석으로 삼아야 할 것들이다. 자연환경은 한 번 무너지면 그 복구에 너무나 많은 시간이 걸린다. 그래서 조심, 또 조심해야 하는 것이다.

## 나는 단순한 사람이다

나는 단순하게 사는 사람이다. 30년이라는 긴 세월 동안 똥만 만지고 살아왔다. 외양을 꾸밀 줄도 모르고 폼을 잡을 줄도 모른다. 나도 사람이니까 때로는 그럴싸하게 보이고 싶은 마음이 들 때도 있지만 다른 사람들은 몰라도 당장 내가 어색해서 견딜 수가 없다. 그래서 그냥 생겨먹은 대로 살고 있고 앞으로도 그럴 것 같다.

나처럼 단순한 사람은 단순한 사람을 만나야 한다. 가깝게 지내는 사람들도 대부분 단순한 사람들이다. 단순한 사람들끼리 계산이나 꿍꿍이 없는 '단순한 이야기'를 하면 그 자리가 즐거워진다. 친구 관계라면 단순한 사람들만 만나면 되는데 일에서는 그렇지 않다. 일을 할 때도 단순한 사람을 만나면 일이 잘 풀리고 좋다. 우리 미생물들 선보이고 우리 공법을 설명하기만 하면 된다. 그러면 상대는 '단순하게' 미생물과 공법만 보고 결정을 내린다. 그러나 늘 단순한 사람만 만나는 행운이 따라주기를 바랄 수는 없다. 오히려 단순하지 않은 사람들을 만나는 게 더 일반적인 것 같다. 단순한 사람을 만나면 참 좋은데 복잡한 사람을 만나면 일이 어려워지고 화를 낼 일이 생긴다.

축산정화조가 히트를 치고 난 후였다. 키스트의 대표적인 연구사례라고 해서 정화조를 전시해두었다. 정화조 개발이 하찮은 거라고 여기는 사람들이야 지나가면서 손가락질을 했겠지만 나는 자랑스러웠다. '공학계의 서자' 인 내가 만든 '작품' 이 다른 사람들의 모범이 되는 사례라고 전시되고 있는데 어떻게 기쁘지 않았겠는가.

그랬는데 하루는 키스트의 원장이 전시된 정화조를 딴 데로 빼놔야겠다고 했다. 무슨 뜬금없는 소리냐고 했는데 내막을 들어보니 더 기가 막혔다. 국회의원들 몇 명이 방문을 했는데 그 중 한 의원이 원장에게 이런 말을 했다는 것이다.

"하이테크를 하는 키스트에서 똥이나 처리하고 그럽니까?"

참 화가 나고 억울했다. 그걸 개발하려고 똥 냄새를 맡아가면서 똥통에 빠져 가면서 얼마나 고생을 했는데 다른 누구도 아닌 국회의원이라는 사람이 그런 말을 했다니까 더 화가 났다. 또 그 말을 했다고 당장 빼야겠다고 한 원장에게도 화가 났다. 정치적으로 복잡한 계산을 할 줄 모르는 나는 비분강개했다.

"그 새끼가 어떤 놈입니까? 키스트는 로봇 만들고 인터넷 기술만 해야 합니까! 웃기는 인간 아닙니까."

누군지 밝힐 수는 없지만 '뭐 저런 놈이 금 베지를 달고 다니나.' 하는 생각을 했다. 그 나이를 먹고도 자기도 똥을 만들어낸다는 사실을 모르는 그는, 다행히 지금은 국회의원이 아니다. 이처럼 어이없는 국회의원만 있는 것은 아니다. 직접 연구실로 와서 격려를 해주는 의원들도 있다.

경우는 다르지만 최근에도 단순한 내가 이해하기 어려운 일을 있었다. 한 대도시의 분뇨처리장에 우리 공법이 들어갔다. 하루에 4000톤 이상이 나오는 대규모 처리장인데 차를 타고 지나가면 냄새가 나는 곳이었다. 우리 미생물들이 냄새가 잡아주니까 그걸 위해서 설치가 된 것이었다. 작년 10월에 감리단의 입회하에 설치가 되었고 수개월의 시험가동 끝에 효과도 입증이 되었다. 악취물질이 환경기준 이하로 감소한 것이다. 당연한 일이다. 우리 미생물들이 들어간 정화시설이 한두 군데도 아니고 들어간 곳마다 다 환경기준을 만족시켰다. 이 대도시에 사는 사람들이 특수한 배설물을 내놓지 않는 이상 악취가 제거되지 않을 리가 없다.

그런데 느닷없이 이 도시의 담당 고위공무원이 설치된 우리 시설을 철거하라고 했다. 일본과 미국에서 사용하는, 세계적으로 잘 알려진 악취 정화 기술로 대신하겠다는 것이다. 우리 공법의 설치비는 약 7억 원이다. 그걸 뜯어내고 들어갈 외국의 기술은 그 수십 배의 비용이 들어간다.

모든 도시가 우리 공법을 선택해야 하는 것은 아니다. 이왕이면 국내기술을 이용해야 한다고 주장하는 것도 아니다. 그러나 잘 가동되고 있는 시설을 뜯어내라고 한 이유는 알아야했다. 이해를 하기 위해 담당자를 찾아갔다가 더 복잡해지고 말았다. 그는 단순한 내가 이해할 수 있는 영역을 넘어서 있었다. 이유인즉슨 '검토 결과 미생물을 이용한 당신네 기술이 외국에서 이론과 효과가 확인되지 않았기 때문' 이라고 했다.

효과가 입증되지 않았다니, 말이 되지 않는 소리다. 다른 도시의 공무원들이 효과도 없는 공법을 그대로 두겠는가. 매 분기마다 분석을 해서 환경기준을 만족시키는지 조사를 한다. 그게 안 되면 철거를 해야 한다. 이론이 확인되지 않았다는 것도 이해가 되지 않는다. 호기성 미생물이 오염물을 분해시켜 냄새를 없앤다는데, 여기에 무슨 이론이 더 필요한가. 더구나 환경은 이론보다는 실효가 더 중요한 영역이다. 어떤 원리로 배설을 하는지 모를 때도 인간은 똥을 만들어왔고 그게 어떻게 사라지는지 모를 때도 미생물은 오염물들을 분해해왔다. 외국에서 확인되지 않은 이론이라니 기가 막힐 노릇이다. 눈앞에서 처리가 잘 되고 있는데 이론을 들먹이는 이유를 모르겠다.

이 일은 아직 진행 중이다. 한동안 단순한 내가 복잡한 생각을 해야 할 것 같다. 담당자의 말은 여전히, 미스터리다.

## 우리 연구동의 기막힌 내력

나는 지금 연구실이 참 마음에 든다. 메인 연구동에 있을 때는 아무래도 신경 써야할 것들이 많았다. 우리에게는 소중한 시료이지만 어쨌든 똥은 똥이다. 처리장에서 똥을 가지고 와서 연구실로 옮길 때도 신경이 곤두섰다. 혹시라도 복도에 떨어지면 다른 연구원들이 냄새를 하소연했다. 미안하긴 해도 한편으로는 당당하기도 했다. 말을 하지는 못했지만 속으로는 이런 생각도 했다.

'똥 냄새는 맡아도 조금 역겨울 뿐이다. 옛날에는 약으로도 쓰이던 똥이다. 그런데 당신들이 만지는 시료는 화학약품이다. 그게 진짜 독한 거고 까딱하면 생명이 위협 받을 수도 있다. 똥은 피부에 튀어도 상처가 나지 않지만 화학약품은 심각한 상처를 입을 수도 있다. 본질적으로 보면 우리 시료가 훨씬 더 깨끗한 거다.'

축산정화조를 연구할 즈음, 마침 연구실 재편이 있었다. 마음 편하게 연구하자 싶어 지금 연구실로 옮겨왔다. 우리 연구동은 키스트에서 가장 구석에 있고 가장 낡았다. 그래도 지금은 처음에 옮겨올 때에 비하면 굉장히 깔끔하고 편리해진 편이다. 물론 이걸 보고 '건물이 깔끔하네요.' 하는 사람은 없다. 여름에는 찜질방으로 바뀌었고 겨울에는 얼마나 통풍이 잘되는지 벽 사이로 바람이 술술 들어왔다. 외투를 입고 있어도 몸이 벌벌 떨렸다. 무늬만 실내였던 것이다. 그 후에 벽에 스티로폼을 대어서 바람을 조금 막고 치명적인 결점 몇 가지만 최소한으로 수선을 했다. 문은 여전히 100년은 된 듯하다.

수선이 되기 전에 고향친구들이 '출세' 한 친구가 일하는 데를 와보고 싶다고 해서 데리고 온 적이 있다. 그래도 국책연구기관에서 일하는 친구니까 조금은 번쩍거리는 연구실에서 일할 거라고 기대했던 것 같다. 친구들 눈에는 건물의 외모가 가관이었던 모양이다. 한눈에 딱 보기에도 건물의 형색이 초라하고 벽에는 금까지 가 있었다.

책임연구원이라는 직책을 갖고 있는 놈의 방이 시골의 골방 같으니까 농담으로 실망감을 나타냈다.

"여기가 니 사랑방이냐?"

"그래, 내 사랑방이다."

맞다. 내 사랑방이고 오두막이다. 어리어리한 기와집에서 남루한 오두막으로 왔는데 나는 더 좋다. 연구가 제대로 안 되어서 쫓겨 온 거면 서러울 텐데 연구를 더 잘하기 위해 온 거니까 마음 상할 일도 없다. 더구나 나는 '미적 감각' 이 현저하게 떨어지는 사람이다. 폼 잡는 것도 즐기지 않는다. 그래서 구멍 난 속옷도 입고 다녔고 그 덕분에 아내를 만났다. 내 형색은 여전히 남루한데, 간혹 사람들이 이제는 좀 좋은 옷도 입어라는 말을 한다. 더러는 궁색하게 다닌다고 뒤에서 손가락질

하는 사람도 있을지 모른다. 그래도 나는 '여전히 겉이 뭐가 중요하냐, 딴 사람한테 피해를 주는 것도 아닌데.' 라는 생각을 가지고 산다. 남루한 연구실에서 남루한 옷을 입고 냄새 나는 똥을 만지고 살아도 내가 행복하면 그뿐이다.

그래도 이 건물이 유서가 깊은 건물이다. 운명론으로 살짝 기울어 말한다면, 내가 여기서 똥을 연구하는 건 정해져 있었다. 원래 이 건물은 생체실험용 몰모트를 키우던 곳이었다. 지금 내 방이 사육장으로 쓰였는데 창문도 없이 완전히 밀폐된 공간이었다.(지금은 손바닥만 한 창문을 냈다.) 방에는 토끼집 같은 칸막이가 쳐져 있었다. 그 연구팀이 나간 뒤에는 가축사료를 연구하는 팀이 들어왔다. 지금 주차장 쪽에 돼지도 몇 마리 키우고 소도 키웠다. 그러고서 내가 들어왔다. 건물의 내력이 딱 갖다 맞춘 것 같지 않은가. 토끼나 쥐 같은 몰모트를 키우고 그 다음에는 가축들이 먹을 사료를 연구하고 그리고 내가 들어와서 그들의 배설물을 치우고 있는 것이다. 내가 지금 행복하니까 갖다 붙이는 것이기는 해도 절묘하게 맞아떨어진다.

나는 키스트의 자연환경이 참 좋다. 전체가 산을 끼고 있고 특히 우리 연구동은 산 바로 아래다. 특히 늦봄 혹은 초여름이 참 좋았다. 늦게까지 연구실에 있다가 집에 가도 미생물들 생각이 머리에서 떠나지 않았다. 매시간 그놈들의 상태가 궁금했다. 시골에서 어른들이 딱히

할 일이 없으면서도 매일 이른 아침에 논에 나가보는 심정을 알 것 같았다. 일에 대한 흥미를 느끼니까 나도 모르게 부지런해졌다. 아침잠이 많은 내가 알람까지 맞춰놓고 잠을 잤다. 꿈에서도 내내 연구를 하다가 아침이 되면 일찍 출근을 했다.

항상 8시 이전에는 연구실에 도착을 했고 그보다 빨리 도착한 적도 많다. 사방이 고요한 때 연구실로 오면 옆에 있는 운동장에 꿩이 새끼들을 데리고 놀고 있었다. 종종거리며 다니는 모습이 여간 예쁘지 않다. 처음에는 나를 경계를 하고 도망을 치더니 익숙해져서 그런지 나중에는 도망도 가지 않았다.

연구원들은 내가 일찍 나오는 게 불편했는지 몰라도 나는 참 좋은 습관을 들였다고 생각한다. 고요한 연구실에 혼자 있으면서, 꿩들이 노는 모습을 구경하면서 많은 아이디어들이 떠올랐다. 아무도 없는 아침, 혼자만의 고요한 시간은 평소에 사람들이 있는 번잡한 시간과는 질적으로 많이 다른 것 같다. 반드시 필요한 시간이고 지금도 즐기고 있는 소중한 시간이다.

## 성과는 지루함의 산물이다

우리 직원들은 '박사님, 성격이 급하셔 가지고….' 라고 말한다. 아내는 '사람이 느리고 게으르다.' 고 핀잔을 준다. 둘 다 틀린 말이 아니다. 연구를 할 때 나는 성질이 급해진다. 미생물의 상태가 나쁘면 한 시간마다 가서 본다. 상태를 보고 조치를 취하고 또 한 시간 후에 가기를 반복한다. 그러다가 좋아지는 기미가 보여야 퇴근을 한다.

일이 뜻대로 풀리지 않으면, 이런 조치를 취하면 이런 결과가 나와야 하는데 그게 나오지 않으면 끝까지 물고 늘어진다. 일의 끝을 보지 않으면 퇴근을 하지 않는다. 그러니 거의 매일 야근이다. 퇴근을 하는 것도 너무 늦어서 다음날 연구에 지장을 줄까봐 퇴근을 하는 거지, 결과가 나오지 않는데 일찍 퇴근한 적은 없다. 특히 새로운 일을 시작하면 일요일도 없다.

우리 공법이 새롭게 현장에 들어가면 집에서 몇 시간이 걸리는 거리인데도 매일 간다. 오늘 가고, 내일 가고, 모레도 간다. 서서히 나타나는 효과가 안정이 될 때까지 토요일이고 일요일이고 없다.

우리 연구원들도 내가 일요일에도 연구실에 나오고 현장에 가는 걸 알고 있다. 그래서 내게 성격이 급해서 일요일에도 나온다고 말하는 것이다. 내가 듣지 않는 데서 말하면 비꼬는 것인데, 내 앞에서 웃으면서 이야기를 하니까 좋은 뜻으로 받아들이고 있다.

어떤 일을 시작할 때도 급한 성격은 그대로 나온다. 이게 될까 안 될까를 고민하는 시간에 일단 시작을 해버린다. 미생물을 직접 넣어주면 어떨까라는 생각을 했을 때도 과학적인 방법으로 차근차근 접근을 한 게 아니라 일단 낙엽을 넣고 보았다. 과감하게 시작을 한 것이다. 미생물을 찾으러 일본에 갈 때도 그랬다. 화산지대에 좋은 미생물이 많을 거라는 생각에 앞뒤 재지 않고 일단 가기로 했다. 어떻게 보면 과학자가 굉장히 엉뚱하고 엉성하게 일을 시작하는 것 같지만 일단 시작을 하면 그 다음부터는 꼼꼼하게 계획을 세워서 치밀하게 진행하려고 노력한다.

지금까지 내 연구의 방향은 실용화에 무게를 두어왔다. 환경에 관한 한 진보적이지만 실용화에 근간을 둔 진보, 실질적으로 도움이 되면서 현실 여건에 부합하는 쪽으로 방향을 설정했다. 내가 논문을 쓰는 이론가였다면 이 방법은 적절하지 않다. 하지만 나는 무엇보다 실용성이 중요한 분야에서 일을 하고 있다. 내 일에서 실용성이 빠지면 아무것도 아니다. 어떤 지역에서 나오는 오수가 있을 때, 가장 좋은 것은 그것을 완벽하게 처리하는 것이다. 이걸 모르는 건 아닌데 그렇게 하자면 실용성이 떨어진다. 나는 복잡하게 만들어서 최대의 효과가 나는 방법이 아니라 가장 쉽고 단순하게 정해진 기준치를 만족시킬 수 있는 방법을 찾았다. 예를 들어 50ppm이 방류기준이라면 넉넉하게 40ppm을 목표치로 잡아놓고 가장 쉽게 거기에 도달할 수 있는 길이 무엇일까를 고민했다는 것이다. 효과가 아무리 좋아도 돈이 너무 많이 들어가거나 사용하기 어려우면 안 된다고 생각했다. 그런 노력들 때문에 내 연구가 각광을 받은 것 같다. 또한 단순하기 때문에 별 것도 아닌 걸 만들어서 히트를 쳤다는 말을 듣는지도 모른다.

큰 틀에서의 방향과 함께 연구를 구체화시켜나가는 방향도 중요하다. 실제로 크게 보면 우리 연구에서 내가 한 일은 그렇게 많지 않다. 미생물을 분리하고 증식시키는 일은 해당 분야의 전문가인 연구원이 했다. 어떤 공정을 구상하면 우리 연구원들이 청계천에서 아크릴판을 사다가 모형으로 만들었다. 내가 관여를 하긴 했지만 실제로 몸과 머리를 움직여서 만든 것은 그들이다. 내가 한 일은 그 일들의 방향을 결정해주는 것이었다.

내가 모든 일을 세세하게 하는 건 불가능하기도 하고 가능하다해도 바람직한 일은 아니다. 나는 연구실의 리더인 만큼 세세한 일보다는 큰 방향을 잡는 것이 주요 임무다. 내가 제시한 방향대로 갔다가 실패한 경우도 많았다. 그래도 지금까지 우리가 만들어낸 업적은 거의 내가 낸 아이디어로 이루어졌다. 내 역할을 강조하는 것이지 부풀릴 생각은 추호도 없다. 내 아이디어가 연구원들에 의해 수정 보완되기도 했다. 우리의 연구이고 우리의 결과물이다. 다만 방향의 중요성, 그리고 그 방향에 에너지를 집중해야 함을 강조하고 싶은 것뿐이다.

내가 아내에게 게으르고 느리다는 불평을 듣는 이유가 있다. 연구실에서 내가 가진 에너지를 모두 소진해버리기 때문이다. 나는 막강한 에너지를 가진 사람이 아니다. 일을 할 때는 에너지를 몰아 쓰고 일을 하지 않을 때는 '느리고 게으르게' 지내면서 에너지를 축척한다. 이것이 내가 지금까지 연구를 해온 나름의 노하우이고 앞으로도 이 방식대로 연구를 이끌어나갈 것이다.

책을 쓰려고 옛날 일들을 떠올려 보니 참 한 일도 많고 하루하루가 바빴던 것 같은데 쓸 내용은 많지 않다.

'왜 이럴까, 매일 바쁘고 일요일에도 쉬지 않고 일했는데….'

답은 반복이었다. 출근하면 반응조 상태 보고 냄새 맡아보고 현미경으로 미생물 상태를 확인한다. 상태가 안 좋으면 왜 그런지 원인을 찾아내고 상태가 좋으면 '아, 제대로 잘 가는구나.' 한다. 그리고 점검해야 할 현장이 있으면 가서 또 같은 일을 반복한다. 상태 보고 냄새 맡고 샘플 채취해서 미생물 상태를 확인하는 것이다. 30년 동안 여기서 크게 벗어나지 않았다. 그렇게 비슷한 일을 반복하는 사이에 아이디어가 쌓이고 공정이 개선되고 연구 결과가 쌓였다. 나뿐만이 아니고 대부분의 사람들이 그런 것 같다. 같은 일, 혹은 비슷한 일을 반복하는 과정에서 실력과 연륜이 쌓인다. 우리 공법은 참 대견하고 기특하고 자랑스럽다. 그것을 가능하게 한 것이 반복이었다. 반복은 지루하다. 이 지루함을 견디고 넘어서야 실력이 쌓이고 결과물이 나온다. 놀라운 성과는 지루함의 산물이다.

## 늙은 노새가 길을 잘 안다

작년에 프랑스에서 우리가 보기에는 이상한 일이 있었다. 정부가 정년을 2년 연장하는 법안을 통과시키려고 하자 이에 반대하는 프랑스 국민들이 시위를 벌였다. 우리와는 정반대의 상황을 보면서 '저 동네는 우리하고 참 많이 다른가 보다.' 하고 생각하는 사람들이 많았다. 프랑스의 일을 접하자 과거에 있었던 나쁜 기억이 떠올랐다. 키스트에도 정년과 관련된 바람이 지나갔기 때문이다.

'국민의 정부' 시절 이전까지 키스트 연구원들의 정년은 65세였다. 청년 실업 문제가 대두되면서 사회 곳곳에서 '고통분담' 이라는 명목으로 정년 단축이 시행되었다. 키스트 역시 예외는 아니었다. 무려 4년이나 줄어들었다. 당시 내 나이는 아직은 젊은 편이어서 정년을 줄이더라도 10년 이상 남았으니까 계획을 세울 수 있었다. 하지만 5년 남았다고 생각했던 분들은 1년밖에 남지 않은 것이 되었고 2,3년 남은 분들에게는 발등의 불로 다가왔다.

청년 실업은 심각한 문제다. 요즘 젊은이들은 과거 우리와 비교할 수 없을 정도로 많은 능력을 갖추고 있다. 아쉬운 점이 없지 않으나 젊어서 그런 것이고 또 세대가 달라서 그런 면도 있다. 능력이 부족해서가 아니라 일자리 자체가 부족해서 청년들이 놀고 있다면 사회 전체를 봐서도 그렇고 개인으로 봐서도 불행한 일이다. 우리 사회가 젊은이들에게 일자리를 주기 위해 최선의 노력을 해야 한다는 데는 전적으로 동감한다.

그럼에도 불구하고 키스트의 정년 단축을 나쁜 기억이라고 말하는 이유는 그 방식 때문이다. 첫째는 형평성이다. 당시 우리에게 설명을 하기로 대학교수도 61세로 낮출 건데 먼저 연구소부터 줄인다고 했다. 연구원들 중에는 대학에서 온 연세 지긋한 분들도 있었다. 그분들은 참으로 어이가 없었을 것이다. 우리가 정년을 낮추고 나서도 교수들의 정년은 그대로 유지되었다. 일단은 숫자가 많고 사회적 발언권도 있으니까 줄이지 못한 것이다.(교수의 정년을 줄여야 한다고 주장하는 것은 결코 아니다.)

그보다 더 화가 나고 치사한 일은 납득하기 힘든 과정에 있다. 나는 법을 잘 모른다. '정화조법' 을 만들기는 했어도 그것뿐이지 다른 법에는 문외한이다. 아마도 법적으로 정년을 줄이려면 해당 구성원들의 동의 같은 것이 필요한 모양이다. 키스트 내에서 정년을 줄일 건지 말 건지에 대한 안건을 두고 투표를 했다. 굉장히 합리적이고 민주적인 것 같지만 숨어있는 꼼수가 있었다. 키스트에는 연구원만 있는 게 아니다. 행정직도 있고 그 외의 부서도 있다.

실제로 연구원들의 숫자는 그렇게 많지 않다. 꼼수란 연구원들의 정년은 4년을 줄이고 나머지 직원들의 정년은 늘리는 것을 한 데 묶어서 투표를 진행했다는 것이다. 이렇게 하면 연구원이 아닌 분들은 당연히 찬성표를 던지게 된다. 찬성표를 던진 분들이 나쁜 게 아니다. 그 분들 역시 한 가정의 가장일 것이다. 불합리하다는 것을 알아도 내 가정을 생각하면 찬성표를 던지는 것이 인지상정이다. 결과적으로 우리는 우리의 운명을 남의 손에 맡긴 꼴이 되어버렸다.

“야, 참 상식적으로 우리 정년을 제 삼자가 결정하다니, 참 흉악무도한 짓이다.”

이런 말을 나도 했고 다른 연구원들도 했다. 우리는 속이 터지지만 속사정을 모르는 사람들은 키스트에서는 투표를 했는데 줄이는 것으로 결론이 났다고 여길 것이 아닌가. 진실을 은폐하기에 딱 좋은 상황이었다. 이후에 연세가 많으신 분들이 주축이 되어서 소송을 했다. ‘당사자끼리 투표해야 유효하지 않으냐.’ 는 것이 요지였다. 내 상식으로는 이해가 되지 않지만, 대법원에서 패소하고 말았다.

나이순으로 사람을 내보내는 일은 굉장히 무식하고 해괴망측한 일이다. 다른 분야는 모르니까 그만두고, 연구원만을 대상으로 이야기해보자. 우선은 나이가 많다고 연구를 못한다는 건 전혀 논리에 맞지 않다. 젊은 연구원 중에서도 시간만 때우는 사람이 있다. 반면 나이가 많아도 왕성한 활동을 하는 사람도 있다. 국가적으로 봤을 때도, 정의나 공명정대라는 측면에서 봤을 때도 나이순으로 내보내는 건 순리에 어긋나는 정책이다. 물론 왕성한 연구력의 기준을 만들기는 쉬운 일이 아니다. 하지만 쉽지 않다고 해서 안 해도 된다는 건 아니다. 어렵다고 해서 순리에서 벗어나는 일을 해서는 안 된다.

말이 나온 김에 덧붙이자면, 과학과 관련된 정책이 참 경망스럽기 그지없다. 정책을 만드는 사람들은 흔히 한국 과학계에서도 이제는 노벨상 수상자가 나와야 한다고 말한다.(아직 평화상 말고는 노벨상을 받은 한국인이 없으니 우리에게만 해당되는 이야기는 아니다.) 말은 그렇게 하면서 실제 정책은 엉뚱하게 진행한다. 과학이든 뭐든 간에 결과물은 중요하다. 나처럼 실용적인 연구를 하는 경우는 더욱 그렇다. 하지만 과학에 실용적인 분야만 있는 것은 아니다. 또 단기간에 결과물이 나오지 않는 연구도 있다. 나무는 자주 옮겨 심으면 제대로 자라지 못하는 법이다. 과학도 그렇다. 큰 나무가 되자면 한 자리에 잘

놔둬야 하는데 정권이 바뀔 때마다, 뭔가 이슈가 될 만한 일이 있을 때마다 기조가 흔들린다. 겨우 뿌리를 내리고 잘 살 만하면 흔들어 놓는 꼴이다. 뭐가 유망하다고 하면 그쪽으로 지원이 쏠리고 그러다가 또 뭐가 돈이 된다고 하면 또 그쪽으로 지원이 쏠린다. 그러면 '한 때 유망했던' 그래서 그 분야의 연구에 몇 년씩 몰입한 사람들은 낙동강 오리알 신세가 되어 버린다.

모든 과학자가 좋은 성과를 낼 수는 없다. 그중 한두 명이 기막힌 성과를 내고 그것으로 또 많은 사람들을 먹여 살린다. 될성부른 떡잎 한두 사람만 골라서 지원해준다고 그런 결과가 나오지는 않는다. 토대가 중요하다. 축구의 강대국일수록 유소년부터 동호회까지 그 저변이 넓게 구축되어 있듯이, 어떤 한 분야가 크게 도약하려면 그 토대가 넓고 깊게 구축되어야 한다. 올해는 이게 좋다고 해서 여기에 집중하고 내년에는 또 저게 좋다고 저기에만 지원하는 정책으로는 과학을 발전시킬 수 없다. 장기적인 안목, 꾸준한 지원이 있어야 한다.

늙은 노새가 기운은 없어도 길은 잘 안다고 했다. 젊은 사람들처럼 반짝거리는 아이디어는 없어도 길을 알려줄 수 있다. 젊은 사람들처럼 왕성한 체력은 없어도 오랫동안 쌓아온 연륜이 있다. 젊은 사람과 나이든 사람의 조화로운 팀워크를 만들어낼 지혜가 필요하다. 역시 쉬운 일은 아니지만, 충분히 가치가 있는 일이다.

## 나는 몸으로 과학을 한다

"밤새 잘 지냈냐?"

"잘 자고 내일 보자."

보다시피 하나는 아침 인사고 또 하나는 저녁 인사다. 무뚝뚝한 경상도 남자의 표본쯤 되는 내가 사람에게는 이렇게 다정하게 인사를 하지 않는다. 마음이야 늘 다정하지만 나오는 행동은 '툭툭' 거린다. 이 다정한 인사는 우리 미생물들에게 건네는 것이다. 여기까지는 대부분의 사람들이 별 거부감 없이 받아들인다. 내가 이야기를 조금 더 진행하면 과학자가 아닌 일반인들도 고개를 갸웃거린다.

시골에서는 '농작물은 농부의 발자국 소리를 듣고 자란다.' 는 말을 한다. 농부가 매일 논에 나가서 정성을 들여야 농사가 잘 된다는 뜻이다. 여기까지는 당연하고 지당한 말씀이고 듣는 사람도 고개를 끄덕인다. 그런데 나는 여기서 한 발 더 나간다.

"내가 정성을 쏟으면 이 미생물들하고 내 마음의 텔레파시가 통해서 내가 원하는 대로 맞춰 준다고 생각한다. 미생물들이 나하고 교감된다고 믿는다."

농담도 아니고 그냥 해보는 소리도 아니다. 나는 확고하게 그렇다고 믿는다. 들으면 코미디 같은 소리지만 나의 확고한 철학이다. '내가 마음을 주면 지네들도 나를 따라 주겠지.' 라는 기대감이 있다. 그러니 인사를 하지 않을 도리가 없다. 아침저녁 인사도 모자라 수시로 가서 인사를 하고 마음을 쓴다. 내 마음이 갸륵해서 미생물들이 힘을 내 주었고 그래서 내 연구가 성공했다고 믿고 있다. 내가 이런 생각을 말하면 허물없는 친구들은 이렇게 말한다.

"과학 한다는 새끼가 엉뚱한 소리나 하고 말이야."

과학이란 본래 증명을 해야 하는 학문이다. 나는 내 믿음을 증명할 방법을 알지 못한다. 예전에 음악을 들려주면 식물이 잘 자란다는 말을 들은 적이 있는데 그것과 같은 맥락이다. '풀이 무슨 음악을 듣겠어?' 라고들 하는데 살아있는 생명체니까 전혀 불가능한 이론도 아니라고 생각한다. 다만 과학이 되려면 어떤 메커니즘으로 그렇게 되는지를 검증해야 할 것이다.

매우 비과학적인 과학자인 나는 이외에도 엉뚱한 짓을 많이 한다. 퇴비시설을 보급할 때였다. 퇴비 더미가 쌓여있으면 과학적인 과학자는 샘플을 채취해 가지고 연구실로 돌아가서 '암모니아 얼마, 질소 얼마, 인 얼마' 이런 식으로 분석을 한다. 그 결과를 가지고 제대로 되고 있는지의 여부를 판단한다. 나도 같은 일을 하기는 한다. 한 가지 다른 점은 몸으로 느낀다는 것이다. 현장에 어느 정도 숙성된 퇴비가 있으면 맨손으로 겉에 있는 것들을 좀 만져보고 냄새를 맡다가 퇴비 더미

속으로 팔을 푹 찔러 넣는다. 역시 맨손이다. 같이 간 연구원들은 '이번에도 그럴 줄 알았다.' 는 표정이고 나를 처음 만난 농민들은 '키스트에 있다는 사람이 뭐 저런 짓을 하나.' 하는 표정이다. 농민들도 맨손으로 퇴비를 만지기는 하지만 맨손으로 찔러보지는 않는다. 도시사람들만큼 거부감은 없어도 농민들에게도 어쨌든 똥은 똥이다.

가장 직접적인 이유는 온도를 체크해보기 위해서다. 적당하게 온도가 올라가지 않으면 미생물들이 활동을 하지 못하여 퇴비가 제대로 안 되었다는 증거다. 손으로 찔러보면 온도계처럼 정확하지는 않아도 어느 정도 잘 되고 있는 건지, 안 되고 있는 건지 감이 온다. 괜히 좀 있어 보이고 열심히 하는 척하려고 그런다고 할 수 있는데 전혀 아니다. 팔에까지 똥을 묻히는 건 어떻게 해도 폼이 안 난다. 굳이 폼을 잡고 싶으면 좀 더 쉽게 폼 잡을 수 있는 일도 많다. '열심히 하는 척' 역시 다른 방법도 얼마든지 있다. 나는 그냥 그렇게 하고 싶다. 정확하지는 않더라도 그 자리에서 상황을 확인해보고 싶다. 그런 이유 때문에 나도 모르게 불쑥 하는 행동들인데 이게 놀라운 효과가 있었다.

온도를 재는 데는 내 손보다 온도계가 정확하다. 미생물이나 분해상태를 판단하는 데는 내 코보다 현미경이 더 정확하다. 그런데 데이터로만 볼 때는 생각하지 못했던 아이디어가 손으로 감촉을 해볼 때 반짝 떠오른다. 세상 모든 일이 그렇지만 항상 손으로 감촉을 해야 한다. 내가 현장에 자주 가는 데도 비슷한 이유가 있다. 걱정이 되고 궁금해서 가보는 것이기도 하지만 현장에 가면 다른 생각들이 떠오른다.

나만 이런 생각을 하는 것 같지는 않다. 현장을 강조하는 책도 여럿 보았다. 현장으로 가라는 것이 단순히 직원들을 격려하고 문제점을 파악하기 위한 것만은 아닌 것 같다. 경영자가 사무실에 앉아서 보고서만 보는 것과 현장에 방문해 몸으로 직접 느껴보는 것은 다르다고 한다.

왜 그런지 과학적으로 증명할 방법은 없다. 오랜 경험이 쌓이고 쌓여 생긴 확고한 믿음이다. 그래서 나는 머리뿐만이 아니고 온몸으로 과학을 하는 사람이 되었다. 머리 하나만이 아니고 온몸을 써서 그런지 아이디어도 많이 나왔고 좋은 결과도 나온 것 같다.

## 똥 만지는 재벌, 애비 록펠러

농부와 나를 제외하고 맨손으로 똥을 만지는 사람을 보지 못했다. 우리 연구원들도 똥을 무서워한다. 그런데 먼 이국땅에서 강력한 '적수'를 만났다. 애비 록펠러가 바로 그 사람이다. 이름에서 알 수 있듯이, 그녀는 록펠러 가문의 사람이다. 우리가 알고 있는 체이스맨하턴

미국환경청(EPA) 직원들과

은행을 만든 세계적인 부호 데이비드 록펠러(David Rockefeller)의 큰 딸이 애비 록펠러(Abby Rockefeller)이다.

92년, 분뇨정화조 개발을 끝내고 축산정화조를 연구하고 있을 때였다. 클리브스라는 회사의 한국지사라는 곳에서 연락을 했다. 클리브스는 록펠러가에서 사회에 기여하기 위해 만든 환경 관련 기업이다.

• 일본 미야자키 현에 수출되어 설치 중인 축산정화조

자기네들도 미국 내에서 분뇨를 처리하는 공법을 개발해 보급 중인데 내가 '똥 처리'를 잘한다는 소문을 듣고 왔다고 했다. 자기네들의 공정을 보여주면서 의견을 물었고 나는 이렇게 저렇게 하는 것이 좋겠다는 말을 했다. 그랬더니 대뜸 공정을 개선하는 연구를 해 달라고 했다. 거절할 이유가 없었다.

어느 정도 디자인이 나온 후에 애비가 초청을 했다. 덕분에 퍼스트 클래스를 타고 갔는데 편했다. 이코노믹을 태워줬어도 기분은 좋았을 것이다. 선진국에서 내 연구에 관심을 가지고 또 공정 개선까지 요청했다는 건 여러 모로 뿌듯한 일이다.

보스턴에 도착해서 호텔 로비에서 사람을 기다리고 있었다. 이렇게 되면 대충 그림이 나온다. 말쑥하게 차려 입은 남자가 와서 '당신이 박완철이냐? 회장님 심부름을 받고 왔다.'고 말하고 검정색 세단에 태워서 애비의 사무실로 가는 장면이다. 다 미국 사람들이고 얼굴도 모르니까 입구를 보고 있어봐야 소용도 없다. 알아서 찾겠지 싶어 그냥 잡지나 뒤적이고 있었다. 동양인은 보이지 않으니까 금방 표가 날 것이다. 그러고 있는데 뒤에서 '닥터 박?'이라고 묻는 소리가 들렸다. 내가 상상했던 말쑥한 정장은 어디로 가고 웬 아줌마가 서 있었다. 하얀 운동화를 신은 그녀는 동네 산책 나온 아줌마의 형색을 하고 있었다. 그러면서 믿을 수 없게도 자신을 애비라고 소개했다.

'아, 굉장한 재벌인데 미국의 재벌은 우리하고는 다른가…?'

아직 충격이 가시지도 않았는데 자신의 지프차로 나를 안내했다. 이런, 운전수도 없었고 수첩 들고 따라다니는 수행비서도 없었다. 내가 지나치게 놀라는 것일 수도 있다. 검소하기로 소문난 집안이니까 그럴 거다, 혹은 있는 사람들이 더 한다 등의 말로 넘어갈 수도 있다. 그런데 나는 촌놈이다. 상주의 촌놈이 서울에서 살기 시작한 지 벌써 몇 십 년째인데 나는 아직까지 촌놈이다.  책에서나 보던 재벌가의 장녀를, 그것도 외국인을 만났으니 긴장하지 않을 도리가 없다. 그래서 더 신선한 충격으로 다가왔을 것이다.

열흘 일정으로 갔는데 보스턴, 웨스트버지니아, 피츠버그 등의 현장을 다녔다. 그들의 공법은 주로 공원이나 외곽 지역에서 사용된다. 우리 시골에서 하는 것처럼 화장실에서 나오는 것을 톱밥도 넣고 해서 퇴비나 액비로 쓸 수 있게 만드는 것이다. 미국환경보호청(EPA)의 공무원을 만나 공정에 대한 이야기도 했다. 이 '아줌마' 가 '왜 분뇨를 오염물 취급해서 버리냐?' 고 하면 공무원은 '그 많은 양을 어떻게 다 활용하느냐.' 며 설전을 벌이기도 했다. 하버드공대학장은 우리 둘을 앉혀놓고 세미나를 하기까지 했다. 재벌이라서 그런지 그 사람들이 굉장히 깍듯하게 대했다.

애비가 내 '적수' 임을 보여준 것은 자신의 집에서였다. 말 그대로 대저택이었는데 그 안에 밭도 있었다. 나 같은 사람한테는 '이 집에는 방이 몇 개가 있고 숨바꼭질을 하면 밤을 새도 못 찾는다.' 는 둥 집 자랑을 해야 먹히는 법인데, 이 사람은 어리어리한 집은 놔두고 화장실 자랑만 했다.

"우리 집에는 변기가 없다."

이것이 첫 번째 자랑이었다. 우리 재래식 화장실처럼 위에서 일을

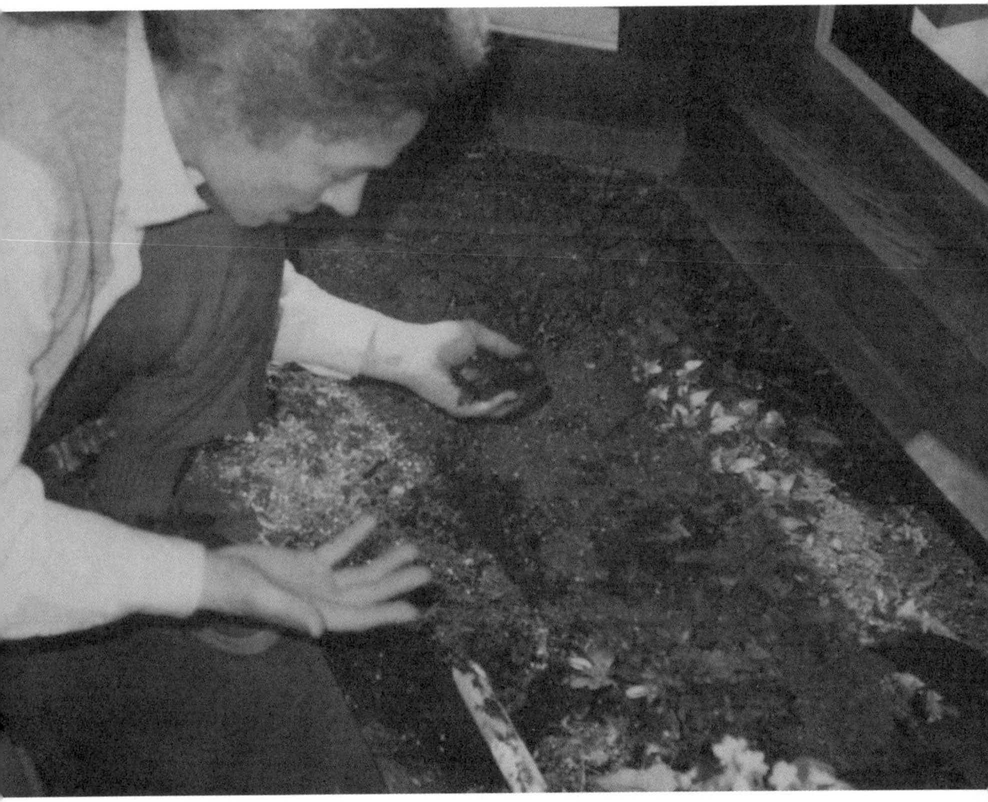

화장실 분뇨 퇴비를 만지는 애비 록펠러(Abby Rockefeller)

보면 아래로 떨어져 숙성이 되는 방식이었다. 두 번째 자랑은 똥이 모여 있는 곳에서 했다.

"여기에 지렁이도 산다."

그리고 세 번째 자랑에서 '충격적인' 행동을 했다.

"이건 냄새도 안 난다."

이 말을 하면서 맨손으로 숙성된 똥을 만지면서 코에다 갖다 댔다. 꼭 장난감 자랑하는 아이 같았다.

'나야 일이니까 그렇지만 이 사람은 재벌인데, 굳이 그렇게 안 해도 될 텐데.'

굉장히 소박했고 또 굉장히 정중했다. 식사 전에는 뭘 좋아하는지 물어보고 식당을 예약하기도 했고 마지막 날에는 조촐한 파티까지 열어주었다. 이렇게 훌륭한 대접을 받았는데, 크게 기여하지 못한 것 같아 좀 미안했다. 특허를 내준 것이 그나마 위안이라면 위안이다.

그때 내가 받은 연구비는 1년 치로 15만 달러였다. 92년이니까 큰돈이다. 돈의 액수를 떠나 그때까지 연구비를 달러로 받은 사람은 아무도 없었다는 것이 더 기분이 좋았다. 분뇨정화조를 개발했을 때까지만 해도 내 입지가 그다지 튼튼하지 못했기 때문에 더욱 그랬다.

'니들은 외국에서 연구비 받아봤어? 나는 받았다. 그것도 그 유명한 록펠러 가문에서.'

아, 그러고 보니 오래 전 분뇨를 만지는 사람을 본 적이 있었던 기억이 난다.(농부와 나를 제외하고 맨손으로 똥을 만지는 사람을 보지 못했다는 말은 수정되어야겠다.) 엄밀하게 말하면 분뇨 자체는 아니고 그 찌꺼기다. 지방의 작은 분뇨처리장에서 일했던 소장님이 그 주인공이다. 내막을 알고 나서 보니 분통이 터질 만도 한데 그 분은 성실하게 임무를 수행하고 계셨다. 시간은 80년대로 거슬러 올라간다. 어떤 몰지각한 기업이 검정도 제대로 받지 않고 분뇨를 처리하는 공법을 보급해 사회적 문제가 된 적이 있었다. 그때 환경부의 자문위원으로 위촉돼 2주 정도 전국 10여 개의 분뇨처리장의 실태 조사를 하는 과정에서 그 소장님을 만나게 되었다.

실태조사를 하러 간 우리를 앉혀놓고 현장의 상황을 설명하시는데, 가만히 보니 손톱 모두에 상처가 나 있고 손톱밑의 깊숙한 부분까지 까맣게 때가 끼어 있었다. 왜 그런지 이유를 듣고 보니 기가 막혔다. 그 분뇨처리장의 공법은 분뇨를 끓여서 응축시키는 것이었다. 그런데 감압탱크 내부에 부착물이 누적되면 열전달이 제대로 안 되어 처리효율이 떨어지기 때문에 이틀에 한 번씩은 열에 의해 단단하게 눌어붙은 분뇨 찌꺼기를 제거해야 한다는 것이다. 이게 얼마나 단단하게 굳어있는지 망치나 정을 사용해야 한다고 했다. 손톱의 상처는 그 과정에서 생긴 것이었다. 상처 때문에 손톱 청소도 제때에 못했다고 했다. 하긴 이틀에 한 번 꼴로 손톱에 상처를 입고 때가 끼니 깨끗한 것이 오히려 이상한 일이다. 특히 응축된 분뇨는 세상에서 가장 고

약한 악취를 풍긴다. 몸속까지 냄새가 배어들어 버스를 타고 퇴근할 때도 곤욕이고 무엇보다 아빠가 군청에 다닌다고 자랑하는 어린 딸에게 미안하다고 했다.

소장님의 사연을 듣고 나는 부끄러웠다. 나도 의식하지 못하는 사이에 분뇨정화조 개발을 성공시켰다는, 남들은 몰라줘도 내가 가장 고생스러운 일을 한다는 자만심이 생겼던 것이다. 그 자만심이 그 소장님 앞에서 꼬리를 내리게 되었고 이후 분뇨처리장 등 각종 기초시설을 방문할 기회를 자주 만들어 그들의 노하우를 연구에 반영하려는 노력을 했고 그게 실용성 위주의 연구결과를 도출하는 데 도움이 많이 됐다.

세상에는 보이지 않는 곳에서 누가 알아주지 않아도 열심히 자기 소명을 다하는 분들이 있다. 그분들 덕분에 세상이 돌아가고 우리가 편안하게 살고 있는 것이다.

## 쉬운 길로 갈수록 인생은 힘들어진다

2002년, 동아일보에서 주관하는 '청소년이 닮고 싶은 과학자' 10명 중 한 명에 선정되었다. 그 덕분인지 학생들을 만날 기회가 종종 생긴다. 학생들에게 환경문제와 관련된 강의를 하기도 하고 질문을 받기도 한다. 때로는 진지하게 진로를 상담하는 학생도 있다. 그래서인지 나이든 사람들의 주특기인 '걱정'이 생겨났다. 그 걱정을 지금부터 조심스럽게 해보려고 한다.

첫 번째 걱정은 사실 아이들보다는 그 부모들에게 하고 싶은 이야기다. 몇 년 전 한 고등학교의 교장 선생님을 만났는데 이런 말씀을 하셨다.

"공부를 제일 잘하는 애는 한의대를 지망하고요, 두 번째는 서울에 있는 의대, 치대에 가고 그 다음이 지방에 있는 의과 대학에 가려고 합니다. 큰일입니다."

참으로 이상하고 신기한 일이 아닌가. 한국의 교육과정을 충실하게 따르다보면 자연스럽게 꿈도 같아지는가. 공부를 잘하는 학생들은 하나같이 의사가 되고 싶다는 게 상식적으로는 이해가 되지 않는 일이다. 이렇게 비상식적인 일이 한국에서는 상식으로 통한다. 성적이 우수한 학생이 자신의 꿈이나 적성에 따라 대학과 학과를 선택하는 일이 오히려 비상적인 일이 되어 버렸다. 돈도 많이 벌고 대접도 받으려면 의사가 되어야 하고 출세했다고 큰소리 좀 치려면 판검사가 되어야 한다고 생각하는 것 같다.

아이들은 순수하다. 요즘 애들 옛날 같지 않다고 해도 그건 나이든 사람의 눈으로 보니까 그런 것이고 동서고금을 막론하고 어린 아이들은 다 순수하다. 그 순수한 아이들이, 각자 다른 취향과 적성을 가진 아이들이 하나같이 돈을 많이 벌 수 있다는 이유로 의대를 지망하는 건 역시 부모들 탓이다. 아이들이 자신의 꿈을 생각해보기도 전에, 자신이 원하는 것이 무엇인지 충분히 찾아보기도 전에 부모들의 성화에 의해 아이들의 진로가 결정되어 버리는 것이다. 마치 내가 내 진로를 생각해보기도 전에 선생님과 아버지가 '너에게는 농잠학교가 좋다.' 라고 결정해버린 것처럼 말이다.

자본주의사회니까 이해는 되는데 너무 돈을 따라가는 것 같다. 돈을 많이 번 사람들은 하나같이 돈을 따라가면 안 되고 돈이 따라오게 해야 한다고 말한다. 돈을 생각하고 일을 하다보면 돈이 오지 않는다. 돈이란 일에 따른 대가로 오는 것인데 돈을 생각하고 일하면 돈 때문에 일이 보이지 않기 때문이다.

의사와 판검사는 좋은 직업이다. 사회에 꼭 필요한 사람들이다. 하지만 모든 사람들이 그쪽으로 가는 것은 반대다. 의사와 판검사 외에도 좋은 직업은 얼마든지 있다. 아니, 좋지 않은 직업이 없다. 어떤 나라는 의사보다 청소부의 월급이 더 많다고 한다.

아직 우리 사회가 정비가 덜 되어서 그렇지 우리 아이들이 주축이 되는 세상에서는 많이 달라질 거라고 기대한다. 팔이 안으로 굽어서 하는 말인데, 앞으로는 이공계가 주목을 받게 될 것이다.

특히 내가 연구하고 있는 미생물 분야가 크게 성장할 날이 멀지 않았다. 미생물과 친구가 될 수 있다면 먹고 사는 데는 아무 지장이 없을 거라고 보장한다.

학생들이 너무 쉬운 길로 가려 한다는 것이 두 번째 걱정이다.

나는 내 삶이 젊은 사람들에게 '샘플'이 되었으면 하고 바란다. 장기적인 좌절 때문에 쉬운 길로 가려고 하다가 나는 더 어려운 지경에 빠졌다. 무슨 일이든 쉬운 일은 없다. 더구나 인생을 잘 살아내기란 더욱 더 어렵다. 이렇게 어려운 것을 쉽게 하려고 하면 더 곤란해지고 더 어려워진다. 쉬운 길로 가고 싶을 때는 농잠학교로 가서 편안하게 살려고 했던 나를 타산지석으로 삼았으면 한다.

그 때의 내가 인생은 쉽게 풀려고 하면 더더욱 꼬인다는 것을 보여주는 '샘플'이 되었으면 한다.

시간에 쫓긴다는 점은 이해하지만 공부도 어렵게 했으면 좋겠다. 성적 위주로 하는 공부는 자기 것이 되지 않는다. 좋은 대학에 가더라도 결국, 초등학교 때부터 고등학교 때까지 배운 것이 사라지니까 오히려 시간 낭비다. 정보도 어렵게 취득했으면 좋겠다.

세상이 좋아져서 모르는 게 있으면 금방 인터넷을 뒤진다. 학교에서 내준 숙제를 해결하려고 인터넷에서 다른 사람에게 물어본다. 책을 찾아봐야 하는데 그건 어려우니까 하지 않는다. 심지어 책을 읽고 줄거리를 써내야 하는 숙제조차 인터넷에서 해결하려고 한다. '무슨 무슨 소설의 줄거리가 어떻게 되요? 간략하게 정리해주세요.' 라고 한다니 기가 막힐 노릇이다.

신문도 종이로 읽었으면 좋겠다. 인터넷으로 신문을 보면 내가 흥미 있는 기사만 읽게 된다. 자연히 시각이 좁아지고 지식도 좁아진다. 종이신문은 한 장 한 장 넘기면서 보는 와중에 몰랐던 것도 알게 되고 관심이 없던, 그러나 꼭 알아야 할 지식도 얻게 된다.

쉽게 쉽게 해서는 얻을 것이 없다. 어려워야 생각을 하게 되고 힘든 일을 극복할 수 있는 힘도 생긴다. 쉽게 쉽게 하다보면 실수도 많아지고 생각 자체도 가볍고 얕아진다. 어려운 것을 극복하려고 생각을 하게 되고 그 와중에 생각이 깊어지는 것이다. 그렇게 해야 큰 바람이 불어도 견딜 수 있다.

이 책을 읽을 단 한 명의 독자를 고르라고 한다면 나는 힘든 환경에서 공부하고 있는 학생을 선택하겠다. 힘든 상황을 피하려고만 하면 평생 그 상황에서 벗어나지 못한다. 견디고 인내하고 극복하려고 노력하면 지금은 더 힘들지도 모르지만 문제를 해결해나갈 수 있다. 내가 그랬다. 쉽게 가려고 할 때는 인생이 꼬였고 뭐든 해보려고 할 때 인생이 풀렸다. 위로가 될지 모르겠지만, 그 덕분에 10년 전 연봉 1억이 넘는 과학자도 되었다.

부디 힘들다고 포기하지 말기를, 힘들수록 더 힘을 내주기를, 그럴수록 더욱 자신을 사랑하고 실패를 극복해 나갈 용기를 가지기를 바란다.

FOSS

지금은 넘쳐나는 것이 책이지만 내가 어렸을 때는 책이 귀했다. 시골은 특히 더 그랬다. 어른들 중 상당수가 문맹이었고 글을 아는 우리 부모님조차 책은 교과서만으로 충분하다고 여기셨다. 아들딸에게 교과서 외에 다른 책을 사준다는 생각은 하지 않으셨던 것 같다. 학교라고 해서 형편이 썩 좋았던 건 아니다. 교실에 책걸상도 없던 시절이니 오죽했을까. 내가 나온 초등학교에는 도서관이 없었다. 책이라는 게 눈에 보여야 읽고 싶은 마음이 들든 어쩌든 할 텐데 보이지를 않으니까 그냥 신문이나 읽었다.

그랬는데, 중학교에 가니 도서관이 있었다. 말이 도서관이지 책이 그렇게 많지는 않았다. 그래도 도서관은 도서관, 내가 읽을 책들이 꽤 있었다. 당시에 읽은 책들 중 기억나는 것이 거의 없다. 몇 안 되는 책에 대한 기억 중 가장 강하게 남아있는 것이 〈어린왕자〉다. 동화 같은 소설이지만 그 내용은 상당히 깊다. 읽기는 했지만 거기에 담긴 풍부하고 깊은 내용을 다 이해하지는 못했다. 그래도 한 가지 기억나는, 지금까지 잊지 않고 있는 문장이 있다. 지구에 사는 여우가 우주에서 온 어린왕자에게 한 말이다.

"중요한 것은 눈에 보이지 않아. 오로지 마음으로만 볼 수 있지."

이 말이 내 인생에 어떤 영향을 미쳤는지는 알지 못한다. 그런데 지금에 와서 보니 내가 키스트에 와서 했던 일, 하고 있는 일, 그리고 앞으로도 할 일과 묘하게 맞아떨어진다. 사실 똥은 더럽다. 정상적인 사람이라면 똥을 보고 더럽지 않다는 말은 하지 않는다. 그런데 더럽다고 아무도 관심을 가지지 않으면 세상은 엉망이 된다. 자연의 순환 고리가 깨지기 때문이다. 눈에 보이는 대로, 냄새가 나는 대로만 보면 더러운 것이지만 마음의 눈으로 보면 중요한 순환 고리 중 하나이자 귀중한 자원이 된다. 그래서 '더럽기는 하지만 더럽지만은 않다.' 라고 하는 것이 똥의 더러움에 대한 정확한 표현일 것이다.

미생물도 그렇다. 사람의 눈으로는 미생물을 볼 방법이 없다. 눈에 보이지 않는 이 작은 생명이 자연의 순환에 결정적인 역할을 하고 있다. 나는 종종 다시 대학을 간다면 미생물을 전공하고 싶다고 말한다.(물론 역사 선생님에도 마음 한 자락이 걸려 있다.) 앞으로는 미생물이 과학의 중요한 축이 되고 또한 우리를 먹여 살리지 않을까 생각한다. 미생물이 적용되지 않는 분야가 없다. 환경을 비롯해 의료, 농업, 공업, 식품 등 쓰이지 않는 곳이 없다. 지금 골칫거리가 되고 있는 음식물쓰레기도 미생물이 해결해 줄 것이다. 아직은 연구단계이거나 경제성이 없지만 몇 년 지나지 않아 미생물을 이용해 바이오가스를 생산하는 등 음식물쓰레기는 다양한 용도로 쓰일 수 있다. 그러면 돈을 받고 잔반을 파는 세상을 보게 될 것이다. 미생물 연구는 이제 막 걸음마를 뗀 단계이므로 발전 가능성이 무궁무진하다. 내가 어린 학생들에게 강의할 때 미생물을 강조하는 것도 이런 이유 때문이다.

'중요한 것은 마음으로만 보인다.' 는 구절은 한편 나를 위로해주는 구절이기도 하다. 이 나이를 먹도록 근사하게 꾸며본 적이 없다. 보통

젊을 때는 꾸미는 것도 좋아하고 뭔가 그럴싸한 것들을 좋아하기 쉽다. 그런데 나는 꾸미는 건 고사하고 되는 대로 입고 다녔다. 시골 출신인 탓이 크지만 내 고향친구들 중에서도 잘 꾸미는 친구들이 있었다. 내 성향 자체가 외양을 꾸미는 데 흥미가 없는 것이 가장 큰 이유일 것이다. 지난 사진들을 보면 작업복을 입고 있는 경우가 많다. 지금도 작업복을 입고 있는 시간이 가장 많다. 사람들이 '그만하면 좋은 옷도 좀 입어도 된다.' 고 할 때 '중요한 건 눈에 보이지 않아.' 라고 생각하면 그뿐이다.

그렇게 살아온 세월이 벌써 수십 년이다. 이제 환갑을 바라보고 있고 키스트에서 일할 날도 4년밖에 남지 않았다. 힘든 일도 많았지만 즐겁고 보람 있었던 일들도 많았다. 책을 준비하면서 지난 시간을 돌아보니 감회가 새롭다. 모심기를 한 날 이불에 지도를 그렸던 일, 미치도록 벗어나고 싶었던 농잠전문학교, 거의 유일한 안식처가 되어주었던 혜국사, 하릴없는 청춘이었던 대학시절, 학벌에 대한 자격자심으로 인한 마음고생 그리고 내 인생의 고갯이가 된 정화조와 미생물. 이 모든 일들이 내 인생의 과정이었다. 때로는 어리석게 대처했고 또 때로는 용감하게 헤쳐 나왔다. 막막하던 청춘이 정화조를 만나면서, 인생을 걸 만한 일을 만나면서 풀리기 시작했고 지금 나는 만족한다.

나이를 꽤 먹었지만 아직 갈 길이 멀다. 몇 년 후 키스트를 떠나더라도 내 연구는 계속될 것이고 또 세월이 지난 다음에는 또 다른 자리에서 있을 것이다.

앞에서도 밝혔듯이, 나는 이 책이 지금 어려운 환경에 처해있는 학생들과 젊은 사람들이 읽어주었으면 좋겠다. 일자리 부족 등 여러 가지 어려운 상황에 처해있더라도 용기를 잃지 말기를 부탁드린다. 나의 이야기가 그들에게 타산지석이 되고 조그마한 위로와 용기라도 전할 수 있다면 이 책이 할 수 있는 소임은 다했다고 생각한다.

봄이다. 나라 안팎으로 뒤숭숭한 일들이 많지만, 이럴 때일수록 중심을 잡고 자신이 선택한 자신의 길로 우직하게 걸어야 가야 한다. 이 모두가 인생의 과정임을 잊지 말아야 한다.

2011년 5월 박완철